Tryggve Emstedt

KÖRLIV

Omslag: Sanvers BokDesign lena@sanver.se
https://lenasanverillustrations.myportfolio.com/work
Förlag: BoD – Books on Demand, Stockholm, Sverige
Tryck: BoD – Books on Demand, Norderstedt, Tyskland

ISBN: 9789178519132

FÖRORD

DET HÄR ÄR en fiktiv berättelse om livet i en kör vars medlemmar kommer från olika körer. Handlingen utspelar sig i kommunen Gevalia. Berättelsen har till synes stora likheter med verkligheten; så stora att en del körsångare som läst delar av berättelsen indignerat krävt att 'jag' inte ska vara med längre. Detta synsätt synes mig mycket märkligt eftersom berättelsen är en 'vinkobbel' med många ingredienser eller kanske snarare en 'blended whisky'. Många populära blend/ blandningar kan bestå av upp till tjugo olika sorters whisky. Så kan min berättelse också bestå av inslag från fem - tio personer men bara en talesperson. Det mesta är dock ren och skär fantasi med 'Bonusfamiljen' av Felix Herngren och en del andra serier som förebilder. Men den här berättelsen ska inte handla om bonusfamiljer utan om körsångare. När personer som läst om sitt alter ego inte haft synpunkter på sitt 'andra jag' har de fått vara kvar i berättelsen men i andra fall har det tillkommit rena fantasifigurer.

I en kör finns det många människor varför det alls inte är märkligt att det finns många karaktärer i berättelsen. För att göra det lite lättare att överskåda finns det en namnlista i slutet av boken. rena fantasifigurer. Nu är det dags att börja.

5

ROT-LEIFS BAKGRUND I FANTASIFORMAT

ROT-LEIF VAR EN medelålders man – i sina hittills bästa år – som kommit till ett vägskäl. Hans mamma – estnisk-födda Rut från en förort till Tallinn – hade kärat ner sig i dvärgbjörkförsäljaren Sven Duva från finska Åbo efter att Sven Duva varit i Tallinn på Medeltidsvecka 1952 och då haft oskyddat sex med Rut. Nio månader senare – den 1 januari 1953 – födde hon en son. Rut förlöste honom själv eftersom hon inte hade råd att låta barnet födas i en taxi. Hon bet också själv av navelsträngen och efter det fick hon dessvärre ett missprydande underbett som gjorde att hon hade svårt att uttala asch, isch och andra tyska 'isch liebe dich'-ord.

Även om sonen Leif inte var planerad så var han verkligen önskad när han väl kom ut. Det var så taktfullt som Rut uttryckte det när Leif var i sin mest känsliga förpubertet – elva år – och kände sig väldigt 'förpubertets' rotlös.

De första åren efter Leifs födelse åkte Pappa Sven Duva runt på den estniska landsbygden och slipade knivar. Många lärde känna honom som 'Tallinn the knife'. För att dryga ut sina små inkomster brukade han uppträda på cirkus och kasta knivar mot en kvinna som var fastbunden på ett chokladhjul med choklad från den estniska motsvarigheten till Cloetta.

Efter att han av misstag råkat döda sin artistkollega – en lettisk kvinna med anor från Albanien som tog för 'lett' på regeln att inte röra sig när man sitter fastnaglad vid hjulet – och blivit föremål för blodshämnd, beslöt Sven Duva att Rut skulle få vara med och jobba på cirkusen. Skulle han mot förmodan missa en gång till, så blev det en familjeangelägenhet och han skulle slippa att på nytt bli utsatt för blodshämnd. Cirkuslivet – och att familjen ständigt var på resande fot för att undgå blodshämnden – förstärkte Leifs känsla av rotlöshet.

ROT-LEIFS BAKGRUND PÅ ALLVAR
Rot-Leif kom från en ganska normal familj i Estland som bodde länge i Tallin.

BAKGRUND TILL VÅR BERÄTTELSE

Å REN GICK OCH när Leif var sexton år var han genuint trött på det kringflackande livet och bestämde sig för att åka till Sverige och söka jobb på ett bryggeri i Mariestad.

Här lärde han känna Göte Swan som var ett år äldre än Leif och gick i gymnasiet. Göte tog med honom till stadens fina badanläggning och till biblioteket. Leif brukade gå till biblioteket i Mariestad och lyssna när den populära gruppen 'Pelles' övade och fick även höra deras cover: 'Varför ska man älska den man ändå aldrig får?' Han beslöt sig, efter att ha talat med Christer Sjögren – som då var med i Pelles – att han skulle bli dansbandssångare. Han sjöng Cool Candys stora hit 'Göta Kanal' när han sjöng upp för Pelles och tog då särskilt fasta på texten 'Där simmar heller ingen haj eller val'. Christer Sjögren och hans kamrater gav Leif stående ovationer, efter hans framförande och bestämde sig för att skänka sina tidigare scenkostymer till Rot-Leif så att han själv kunde sätta ihop ett band och det gjorde han året därpå. Bandet hette Sten-Stellans kvintett efter Rot-Leifs stora favoriter Sten och Stanley. Under 1971 övade man mest i bandet, som bestod av en organist vid namn Åke, en trumslagare, Rot-Leif på gitarr och sång samt två ytterligare gitarrister vid namn Stellan och Sven.

I en talangtävling på Sötåsens lanbruksskola utanför Töreboda vann Sten - Stellans kvintett och det fick till resultat att man började få spelningar nästan varje helg. Dessa spelningar gjorde Rot-Leif – som var en mycket sparsam natur – ekonomiskt oberoende men samtidigt lade han också grunden till sin stora förmögenhet som år 2019 inte torde understiga 100 miljoner.

Mer om Rot-Leifs bakgrund kommer vi till senare men nu är det dags att komma in på modern tid.

STEVE EMFORS - BERÄTTAREN

STEVE ÄR SEXTIOFEM fyllda – jämnårig med Rot-Leif – och har två mindre barn på tre och sju år och två vuxna barn samt ett barnbarn. Steve arbetar som humanjurist och har gjort det i hela sitt vuxna liv. Jobbet är oerhört ansträngande, att försöka komma överens med människor som befinner sig i stor kris är inte lätt. Det har han vetat länge. Han har också vetat hur näst intill omöjligt det är att byta jobb i hans 'aktningsvärda' ålder. Steve sysslar mest med vårdnadstvister och annat elände. Han brukar kalla sig för en 'eländesadvokat'. Han är förvånad över att han orkar fortsätta med sitt omöjliga arbete.

Ett sätt för Steve att hålla sig flytande är att sjunga i kör. Problemet är bara att det är sådan skillnad på kör och kör. När Steve sjunger vill han inte ha det för svårt. Sången ska vara en kontrast till jobbet. Han är inte intresserad av motettkörer och andra elitkörer även om hans självförtroende är sådant att han inbillar sig att han kan sjunga i nästan vilken kör som helst om rösten håller. En gång i tiden, se nedan, sjöng han i 'concorde-kören'. Men även där fanns problemet med att en del kunde sjunga och andra bara var med av sociala skäl. I bästa fall var dessa mutanter och sjöng inte alls eller bara väldigt svagt men risken var överhängande att de i stället inte alls kunde sjunga och sjöng starkt. Nu ville han söka ett sätt att få en kyrkokör att låta bra och det var inte det lättaste.

Steve började sjunga i Bollnäs-Arbrå manskör 1983 - 84 och 1984 kom han till Marykören och var med där i ett antal år. Kören blev till slut alldeles för stor och flyttade ner på stan och blev Holykören under CG:s ledning. En mycket uppskattad och duktig körledare. 1991 - 1996 sjöng han i Streambridgekören, en kör i utkanten av Gevalia. Där sjöng han med John Melon som hade en fantastiskt fin tenorstämma. Det var en njutning att sjunga med John. Steve har väldigt stort behov av att sjunga tillsammans med någon som drar åt samma håll som han själv. Det var lite si och så med det i Marykören.

Parallellt med Streambridgekören sjöng han alltså i Concordkören. Steve trivdes bra i kören. Inte minst socialt men hade ingen riktig kamrat i stämman utom under en kort tid. Till slut beslöt han sig för att lämna Concordkören i samband med en del trassel på jobbet.

Det år han slutade var 1999. Då hade körledare Hedda haft räfst och rättarting och kastat ut minst en tredjedel av kören. Det hade gjort en del sångare mycket upprörda och när de träffade Steve tio år senare berättade de inlevelsefullt om detta trauma. Heddas tolerans mot sig själv var större än mot kör-medlemmarna. Hon var sångpedagog och väldigt duktig i den rollen. Däremot var hon mindre lyckad som pianist och hade svårt att spela och leda samtidigt. Men hur svårt kan inte det vara, funderade Steve där han satt och försökte tänka ut vad han skulle skriva om lite längre fram i berättelsen.

Steve blev dessutom degraderad av Hedda till 1:e bas istället för tenor. Det var dödsstöten för hans självkänsla. Steve försökte sedan att sjunga i Marykören igen men den kören var alldeles för stor och det var alldeles för svårt för den nyutexaminerade Fader Berg att leda kören, så Steve gav upp sin nyupptagna karriär i Marykören. Nu lade han ner stämgaffeln under ett antal år.

Den som gjorde att Steve fick lusten att sjunga på nytt var Goran Ullfager. En mycket stabil bas i dubbel bemärkelse och osannolikt jovialisk. Goran kom med sitt förslag i samband med att man var och handlade på Coop. Steve var inte särskilt nödbedd. Han hade saknat sången och bara i viss mån fått utlopp för den i sällskapet NT och i Brodd Fellow. Goran Ullfager tog alltså med sig Steve till El Tomasokören. Året borde ha varit cirka 2010. Sångavbrottet hade alltså varat i närmare tio år. I vart fall mer än fem år.

Ledare för El Tomasokören var Bongo. En man med bra repertoar som dirigerade bra men med osannolikt dålig sångröst. Han sjöng till och med sämre än en del äldre manliga präster och det vill inte säga lite. Märkligt nog hade de inte vett på att bara lässjunga utan skulle prompt försöka få till något slags 'kväde.' Så var det även med Bongo.

Steve blev väl mottagen av Bongo och även av de flesta damer men ett fåtal damer tålde honom inte. Det var ömsesidigt. I kören fanns den härliga frejdiga Anel Ave, som sjöng alt och var mycket uppmuntrande.

Alt var också Eiram som inte bara sjöng bra utan även var obeskrivligt vacker. Steve föll som en fura för Eiram och gjorde allt för att få chansen att sitta nära henne under fikapauserna. Att hon var optiker gjorde också att han nu började köpa nya glasögon tre - fyra gånger per år. Det gjorde att han såg och uppskattade hennes skönhet ännu mer, eftersom han hade ett brytningsfel som gjort att han innan han fick nya och nyputsade glasögon såg allt i ett slags förlovat skimmer.

Steve hade väldigt svårt att hantera den här, brytningsfria, känslan men han var tvungen. Han var en sann representant för MeToo rörelsen som även månade om förfördelade män. Rättvist skulle det vara.

När han tyckte att han sjöng vackert så gjorde han det alltid för Eiram och inte för Bongo, som dessutom verkade ha det svårt med damer. Åtminstone kom han ofta i bråk med dem. Kanske för att hans egna preferenser låg hos just män och gärna äldre än honom själv men med ungefär samma midjemått.

Goran hade en baskollega vid namn Markysinnan, kallad Marcys, som var uppväxt på en ö i Estland vid namn Runö. Även Marcys var en mycket säker bas och Goran och Marcys var ett avundsvärt radarpar. Kanske var det så att Steve var lite avundsjuk att han inte hade motsvarande radarkompis. Så fort de kom samman så började de skratta och fnittra åt varandras skämt. De påminde om programledarna i 'gapskrattkanalerna' Metropol och Rix FM.

Steve hade Leffe Tor att hålla sig till men Leffe och han var ofta inte alls sams. I vart fall inte när man övade. När det var dags för uppsjungning var man däremot väldigt samsjungna och hade stort utbyte av varandra. I tenorstämman fanns också Multi Kulti men han tillhörde den inte helt ovanliga skaran som alltid sjöng en egen variant av det verk man framförde och den versionen var varken vacker eller rätt och inte heller ett inhopp i sopranen utan bara fel och ful. Det var svårt att sjunga bredvid en störningssändare av den kalibern. Det hade Steve haft väldigt svårt för i sitt tidigare liv och det hade han väldigt svårt för nu.

Sopranerna var ganska bra i början men efter hand så slutade de duktiga och sopranen blev både fåtalig och svag men kvar var en uppenbar skriksopran. Hon ville så gärna ta de höga tonerna men när hon försökte så lät det förfärligt.

I alten fanns också en självgod dam som han retade sig oerhört på. Hon jobbade på Försäkringskassan, var fisförnäm och var dessutom öppet kritisk mot hans sånginsatser. Måtte människan drabbas av spetälska eller något annat elände, tänkte Steve i sina mer svaga och borderlineanstrukna stunder. Allt det här i kombination med ett gräl med Bongo ledde till att Steve hoppade av El Tomasokören. Utöver det hade Eiram gjort sig illa i en olycka med elcykel och var inte längre med i kören. Trots dessa omständigheter var det ett svårt beslut att lämna kören.

Nu gick Steve över till Steambridgekören. Här fick han sjunga med den i särklass bästa kyrkotenoren i Gevalia; Rot-Leif. Vilket var ett sant nöje. En fantastisk känsla att sjunga med någon som kunde läsa noter och som sjöng rätt oavbrutet och som Steve var sams med. Däremot var han lite av en fegsångare eftersom han väldigt ogärna sjöng högre än D. Istället så hoppade han över falsetten och la sig en ters lägre. Smart. Dum var han inte.

Att dirigeras av Betty var också fantastiskt och att kompas av den extremt duktiga pianisten och körledare Mary Dahl – som Steve kallade Dahlia – var också en ren gåva. I kören fanns också underbara Gun the Gun.

Avundsjuka blev det även här eftersom Steve ville

sjunga solo men det var bara Rot-Leif som gällde för Dahlia. (Efter att ha slutat fick Steve reda på att Dahlia smorts upp på både det ena och det andra sättet av Rot-Leif med tvättade pengar som kommit via Swedbank i Estland.)

Rot-Leif hade ju 'gu´ be vars' ett estniskt ursprung och beredvilligheten att betala skatt i Sverige var inte större än för präster i allmänhet som hade pengar över som skulle investeras.

Efter en ganska kort tid i Steambridgekören slutade Rot-Leif och Dahlia flyttade över till El Tomasokören. Till råga på allt så övade man på onsdagar i El Tomasokören och så även i Marykören. Streambridgekören gick också över till onsdagar med fader Berg som körledare, en stencool kille som internrekryterats från Wallbridge församling.

Steve försökte hoppa emellan El Tomasokören och Marykören men det blev inte bra. Steve blev mer och mer frustrerad eftersom det inte fanns någon i hans huvudkör som han kände drog åt samma håll som han själv. Inget ont om Börje Bil men han sjöng inte ut så på det sättet blev det ingen musikalisk match mellan Steve och Börje Bil. Det var i detta läge som han kände att han var tvungen att börja om från början och tillsammans med sin forne vapendragare Rot-Leif skriva boken om det hårda och obarmhärtiga körlivet som ständigt bjöd på himmel och helvete. Nu ville han få till en Dreamteamkör och helst ett ordinarie lag och ett i farmarligan som skulle stå på tillväxt.

   Nu var det bara att börja jobba och samtidigt
försöka berätta lite om vad kören/körerna – som
han nu var med i – hade för sig. En sak visste han
och det var att Goran Ullfager skulle vara med i
Dreamteamkören likaså Marcys, Gun the Gun samt
Maria Cat.

Steve var också tvungen att internrekrytera Li(s)za
Luzt, som jobbade med coachning och var god vän
med terapeuten Julius Arvén. Han var känd från
den i terapisammanhang välkända boken 'Medan
latten kallnar', som var skriven av Steves Alias
Tore Telgsten.

PARAMETER-MÄTARE

Steve ville vara påläst och ha idéer när han skulle träffa Rot-Leif och gå igenom hur man dels skulle få ett dreamteam inom Gevalias sakrala körliv och dels få till en blandning som skulle vara ett uttryck för särpräglad 'rostning' bland körerna i Gevalia. Hade man eget kafferosteri så skulle man självklart också låta olika beroende på vad man 'rostade'. I körsammanhang kallades detta för klang. Den delikata uppgiften att hjälpa till med denna rost/röstprocess var alltså Julius Arvéns lärjunge Li(s)za Luzt som hade en osedvanligt god förmåga att komma med råd i alla väderstreck. Många trodde på hennes råd, de till och med följde dem och fick därmed ett bättre liv. Många som var tacksamma gick också i kyrkan mer efter sin behandling och det gynnade ju kyrkan i allmänhet och kyrkoskatten i synnerhet. Det blev helt enkelt färre personer som gick ur kyrkan och det var ett av målen med Li(s)za Luzts arbete.

Nu hade Liza och Steve träffats på restaurangen Strand, mitt emot Brown Bay inte så långt från gasklockorna.

"Tack för att du bjöd mig på lunch", sa Liza som redan börjat knapra på de goda gurkorna som ingick i salladen.

"Tack för att du kom. Jag vet att du ska ha ytterligare ett möte med fader Sven endera dagen men jag tänkte att du och jag kunde spåna lite om vad som kan vara intressant i den blandning som vi ska åstadkomma och som ska göra varje kör unik", sa Steve och försökte se lite viktig ut. Trots allt så var ju det här ett tämligen stort arbete och han hade med hjälp av ärkebiskopen lyckats utverka ett EU bidrag på 100 000 kronor för inledande arbete med mellanmänskliga relationer.

"Jo, jag har tänkt lite och som vanligt är jag lite jäktad för jag ska dela ut inte mindre än fem olika blomsterkvastar till nittio plusgruppen. Och det arbetet startar redan 13. 00. Vidare ska jag och en grupp inom X- trafik tala om skilda busschaufförer. Vi ska tillsammans titta på ett par avsnitt av 'Bonusfamiljen' och försöka ta lärdom av det".

"Mycket bra, mycket bra", sa Steve märkbart stressad och föga övertygande. "Kör igång du, så får jag se vad jag kan bidra med."

"Absolut! Det ska jag göra", sa Li(s)za Luzt och det märktes att hon var tagen av sitt uppdrag. Hon var en mycket samvetsgrann person och tog varje uppdrag som kom i hennes väg på stort allvar.

"Det första du bör titta på i dina olika körer är ålderssammansättning i de körer som du är med i och som du har möjlighet att fråga", sa Li(s)za Luzt och såg en aning märkvärdig ut.

"Utmärkt start, för jag har redan räknat ut att ba-

19

sen i Marykören, som består av fem herrar, har en medelålder på sjutiofem och ett halvt år. Vidare är tenorerna sjuttiotre år i snitt och sopraner och altar landar båda på ganska exakt sextio år i snitt."

"Bra, bra", sa Liza och fortsatte. "Vidare ska du titta på etnicitet och språkkunskaper och om det går att sjunga begripligt på svenska trots att man exempelvis kommer från Polen eller Ukraina. Du bör även försöka få fram medelvikten för varje stämma men det är överkurs och kan komma som steg två tillsammans med midjemått och skostorlek och andra parametrar som ska mätas."

"I sopranen har vi ju en kvinna från Finland och en annan från Estland", konstaterade Steve lite lagom förvirrat.

"Ja, du ser. Då tar du och räknar ut medelåldern för dessa kvinnor och sedan delar du med antalet och får fram en viss siffra."

"Varför då", undrade Steve som hade lite svårt att hänga med.

"Jo, genom att sedan jämföra medelåldern för utlandsfödda med medelåldern för inlandsfödda får du fram en parameter som kan ha avgörande betydelse för körklangen."

"Okej, jag testar," sa Steve och såg ut som ett extra stort frågetecken.

"Sedan kommer jag att ta fram ett frågeformulär för att utröna hur många som läser Aftonbladet före Expressen, bergspredikan före Psaltaren och lyssnar på Mellot med behållning eller ingen behållning alls.”

”Gå på du”, sa Steve som kände en viss frustration över svårigheterna.

”När du sedan fyllt i formuläret som jag ska utarbeta med fader Sven, så får du fram ett resultat och sedan kan du alltså mixa personer som tycker om Mellot och är utlandsfödda och samtidigt är sopraner. Har du förstått?”, undrade Li(s)za Luzt och såg lätt road ut.

”Vad får det för betydelse att man till exempel har tre sopraner som är utlandsfödda och Mello anhängare kontra tre som är fromma och bara lyssnar på psalmer och klassisk musik”, sa Liza och det märktes att hon var någonting stort på spåren.

Steve sken upp och sa: ”Ja, jädrar i min skomakarlåda! Nu är du något stort på spåret. Med det här mixandet så får du alltså till en spännande och smakfylld ”kör-kobbel” eller hur? Som dessutom doftar av både kaffe och nyupptagen torv? Och inte är någon hemskt ‘skandinavienblandning’ a la populära vinboxar på Systembolaget.”

”Rätt uppfattat och där slutar jag för i dag för nu väntar ”kvastarna” på att få delas ut innan det är dags för Blåkulla.”

Det sista förstod inte Steve men log som om han förstod. De båda ”kumpanerna” skiljs åt och beslutar att de ska ses om precis en vecka igen. Då var påsken inte långt borta.

KÖRMEDLEMMAR

D EN KÖR SOM Steve Emfors nu ska berätta om kallas för Marykören och finns i en förort till kommunen Gevalia. I kören finns det cirka tjugofem medlemmar men för att inte tynga handlingen för mycket med namn så låter vi den ha fyra i varje stämma, fast det egentligen kan variera från fyra till tolv medlemmar.

Ledare för gruppen är den ljuva Carola Kilt, med medhjälpare Carola Colt. Carola Kilt är åttio procent av herrarna förälskade i. Hon har en älvas väsen och klär sig i gammaldags kläder á la Madicken som passar hennes väna lekamen på ett ypperligt sätt. Allt kören sjunger är i princip 'jättebra' oavsett hur illa det låter så det är väldigt svårt att i grunden röna ut vad Carola Kilt egentligen tycker. Hon har svårt att ge individuellt beröm, till Steve Emfors stora förtret. Han behöver uppmuntras hela tiden och inbillar sig att han kan få en rännil genom sina kontakter med Carola Kilt men dessa önskningar kommer nästan alltid på skam.

Vi kommer senare fram till vad för typ av sångare man är. Det finns enligt Rot-Leif tre typer av sångare: 'Solosångare', om de är basar kallas de för 'basgångar', 'stödsångare' – sjunger bra om de har stöd av andra, och 'mutanter', som inte sjunger alls eller bara mumlar.

KÖRLEDARE

CAROLA KILT VAR en körledare som trodde på någon typ av fri uppfostran i modern tappning. Hon hade att hantera herrar som ofta var sjuttio plus och damer som ofta var sextio plus och trots denna brokiga samling, eller kanske på grund av det, så ville hon leda genom att säga: 'sjung som ni vill'. Alla svårigheter vid ställen som hon inte tänkt på var 'sjung som ni vill' eller 'sjung melodistämman'. Då ordnar sig allt.

Steve hade väldigt svårt att förlika sig med detta sätt att se på körverksamhet och Rot-Leif var en stor hängiven anhängare av auktoritär ledarstil á la Rakel Guld. Carola Kilt spelade piano väldigt bra men leda kören och dirigera samtidigt var inte riktigt hennes grej. Men vad gjorde det när hon var älskad av 80% av herrarna, oavsett vilka nycker hon fick och avgudad och beundrad av 90 % av damerna. Bara några få damer var i opposition och dit hörde Gun The Gun och Maria Cat.

En annan typ av körledare var Lady Gaga – ledare för Homebridgekören – som inte var lika bra på att spela piano som Carola Kilt, men var en baddare på att dirigera och se till avsluten kom där de skulle komma. Ännu mer precis i sin taktering var Ola Swan, ledare för Hillary kören. Han var en före detta militär och i sin ungdoms dagar hade han även uppträtt på Cirkus i Stockholm med flera ställen. Det ryktades också om att han varit operasångare. Steve måste kolla upp det närmare. Han hade dock en oförskämt bra röst så därför kunde man anta att han hade en solid sångbakgrund liksom hans förtjusande hustru, tillika organist i Hillarykyrkan. Hans hustru Olga Swan var dessutom en mästare på att skriva egna sånger och även tonsätta dem.

Gevalias grand old lady var den oförlikneliga Rakel Guld som var så skicklig att hon när som helst kunde ställa sig i en stämma och sjunga den stämman på ett korrekt sätt samtidigt som hon fortsatte att dirigera. Rakel Guld kunde dirigera obehindrat eftersom Mary Dahl satt vid pianot. Skulle Mary ha förhinder så hade Rakel Guld, som passerat sjuttio med råge, ändå ha klarat av att leda kören på ett föredömligt sätt.

En ytterligare variant av körledare var 'Bongo' som lett El Tomasokören under ett antal år på 2010-talet. Hans sångröst var obefintlig och var snarare ett missljud mer än sång men han hade en bra repertoar och han var trevlig som person om man kom lite innanför skalet.

UPPDRAGET

STEVE EMFORS HADE fått i uppdrag av Rot-Leif att skriva om körlivets vedermödor. Någon riktig bok värd namnet om att sjunga i kör hade tidigare inte givits ut, såvitt Steve visste. Och fanns det sådana verk så tänkte han inte läsa dem för han hade 'ett gryt' på tjugo kvadratmeter – det vill säga en enrummare under jord – att vinna om han lyckades väl med sin uppgift. Det hade Rot-Leif lovat honom och Rolle, som han kallades, stod vid sitt ord. Problemet med Steve var att han hade ett överjag vid namn självkänsla som bråkade rejält med honom. Självförtroendet var knivskarpt och Steve trodde sig om stordåd både vad gällde arbete och körsång men hans självkänsla var ofta usel. Det krävdes inte mycket för att hans cirklar skulle rubbas. Carola Kilt rubbade dem oupphörligen genom sina diffusa kommentarer om hans soloinsatser.

'Gick det bra', undrade Steve, och längtade efter beröm men det kom aldrig.

"Jo, men det gick väl bra? Fast jag hörde inte så mycket, Jag spelade piano."

I den stilen gick hon på och det var frustrerande för Steve. Det här var något som Steve ville få bukt med för sin egen och andras skull. Man måste kunna få individuell uppmuntran och inte bara kollektiv sådan. Om man regelbundet fick det så

sjöng man bättre och om körledaren uppmärksam-
made den som var fel ute så hjälpte det också till att
få kören att låta bra och kören fick en bättre klang.
I sanningens namn hade hon förstått hur frustrerad
han blivit av att aldrig få beröm eller konstig beröm
så hon ändrade sig. Hon gick från att vara en Saulus
till en Paulus, oklart hur. Kanske förtroenderådet
hade prata med henne eller kanske fader Swan. Den
Swanmärkte världsförbättraren i Marykyrkan som
var så god att det nästan stack i ögonen.

Steve insåg att uppgiften att försöka få till en kyr-
kokör som lät bra var näst intill omöjligt men han
tyckte ändå om uppgiften och ansåg att hans trettio
år som körsångare kunde göra att han kanske var
lämplig för uppgiften.

FARBROR SVENS RAPPORT, JULEN 2018
HALVT PÅ ALLVAR

STEVE HADE FÖRESATT sig att skriva det mesta om körens vedermödor men ibland orkade han inte med det här som kunde kallas för 'referat' från olika uppsjungningar eller andra begivenheter. Så inte heller den här gången och därför lämnade han med varm hand – med en liten brännblåsa – pennan till 'farbror Sven'.

"Och så var det då dags för den länge emotsedda julkonserten i Marykyrkan med Marykören tillsammans med Homebridgekören. Damerna i Homebridgekören fylkades i korridoren och verkade ha något slags möte inför den stundande övningen och om det kom någon karl förbi så möttes de av arga blickar. Homebridgekören var kanske inte manshatare, kunde Steve konstatera, men man kunde nog säga att de ändå hyste ett visst förakt för män. En del av de mest rabiata kvinnorna i Homebridgekören ansåg att det var obegripligt att man överhuvudtaget hade kvar en herrstämma när det bara var fyra herrar. Trots det bakade man goda kakor som även herrarna blev bjudna på. Det skedde nog, kan man tänka, med visst förakt och med vissa baktankar. Vissa i kören hade ju mer än vänliga relationer med männen oavsett om de var gifta eller inte. Inte minst var den vackra, unga mannen från Nigeria väldigt uppskattad av kvinnorna trots hans ganska rudimentära svenskkunskaper.

Det visade sig bli en rejäl sopran- och altstämma och totalt kanske tjugo - tjugofem damer. Herrarna var färre och totalt nio stycken. I vanlig ordning så fylldes i vart fall halva kyrkan upp av diverse kyrkliga funktionärer samt ett antal halta och lytta från omgivande ålderdomshem och äldreboenden.

Prästen, Fader Sven, hälsade välkommen och det gjorda även diverse behjälpligt läskunniga funktionärer. Han återkom sedan med en rolig och putslustig dikt som han skrivit alldeles själv. Den var så frispråkig att domkapitlet ska studera innehållet i den del som handlade om herdarna och huruvida de verkligen var tre till antalet. Fader Sven var kyrkans svar på den profana barnvisskaparen, Gullan Bornemark.

Fader Sven var inte bara filosof och gav ut diverse kontroversiella tankar utan skrev även barnvisor och annat roligt och underhållande. Sven var en makalös tillgång och det var närmast osannolikt att man fått en sådan toppkraft till en förortskyrka som "Mary-kyrkan".

Som solist hade man återigen kontrakterad den skönsjungande sailorn Jungman Jansson, som trots sin begränsade hårmängd sjöng så att håret på damerna vågade sig. Jungman Jansson älskade gospel och hade ett förflutet i en sådan församling men nu var han husvill och hoppade in än här än där och särskilt i juletid.

Lady Gaga ledde flocken på ett förtjänstfullt sätt
och Carola Kilt spelade alldeles utsökt som så ofta,
konstaterade farbror Sven.

Publiken fick en hel palett av 'juliga' örhängen
och de såg tämligen nöjda ut.

Extra nummer blev det också. Hej vad det går. När
kören skulle böja sig ner och tacka för applåderna
passade Anela Mat på att leta efter sin vattenflaska,
på gradänggolvet, bland slingriga kvinnoben. Hon
hade så när lyckats avfyra en ofrivillig luftpuff men
hejdade sig i sista sekunden.

Tore Ton hade ny hörapparat samt ring i näsan
kvällen till ära, och hade nästan full kontroll över
sitt starka och välljudande musikaliska omfång.
Anela Mat höll ömsom med Steve Emfors, som höll
sig till noterna, och ömsom till Tore Tons musika-
liska broderier. Att brodera och vara lite afrikansk
och påhittig passade dock ganska väl den här
gången när man sjöng visor som rekommenderats
av Jungman Jansson.

Under 'Julens tecken' var solopassagerna minst
sagt växlande men Börje Barsk var stabil liksom
Steve Emfors.

Efter konserten dryftade sig en del damer till att
påstå att herrarna skött sig bra och det var ju i och
för sig bra medan Maria Cat irrade omkring som
en äggsjuk höna i jakten på sin tallrik med diverse

läckerheter. Troligen letar hon fortfarande.

Maria Cat, som lider av svår lust att säga det hon tycker, påstod att de bullar som Steve hade bakat bara hade en förtjänst och det var florsockret som tillsatts i efterhand. En lätt debil kvinna doppade även bullarna. Tacksamheten för medhavda bullar kände således inga gränser men kvällen hade varit lyckad och en före detta granne till Maria Cat fick skjuts hem. Carola Kilt fick chansen att säga något individuellt angenämt om herrarnas sång men hon avstod och ville återkomma under våren.

Vid pennan Farbror S

S TEVE OROADE SIG ofta – mest i onödan – för mötena med Rot-Leif men han insåg också att han denna gång hade lite att komma med efter att ha konsulterat den klokaste han kände; nämligen Gun the Gun i Streambridgekören. En tidigare lärare och utbildare inom svenska folkskolan som genom bemanningsföretag värvats till USA på grund av Ture Tons goda kontakter. Som i sin tur lett till att hon två gånger om året åkte över till Atlanta i Georgia för att utbilda överviktiga. De som gick på hennes kurser var oftast vapentokiga och nu fick de chansen att inte bara lära sig skjuta med paintballkulor i två veckor utan även träna på 'Ålning medelst hasning', och annat paramilitärt rörelsegodis. Kursen kostade 10 000 dollar men då fick deltagaren också en ful och flammig t-shirt. De överviktiga intygade dock alla att det var värt pengarna och att det var billigt jämfört med många andra liknande militära 'viktraskurser. Brutto-Vinsten för kursen var nittiosju procent före skatt och det var Gun the Gun nöjd med.

Rot-Leif och Steve samlades i 'Gryt I' som var 'Rolles' största gryt – även kallat Rolles Roys – och vardagsrummet där var på hundra kvadratmeter och hela anläggningen var några meter under jord, helt nära Homevillage stugan.

"Nå låt höra vad du har att säga", sa Rot-Leif och bredde ut sig på sin Carl Malmsten fåtölj, som han köpt billigt på Erikshjälpen i Gevalia city. Fotöljen pryddes av en alldeles äkta kamelhårsmatta. "Gör du några framsteg", undrade han och läppjade på sin alkoholfria paraplydrink, spetsad med sockrad kummin, samtidigt som han fick en betydande rynka i pannan vilket förstås störde Steve Emfors koncentration.

"Tycker jag nog", sa Steve och började genast prata om de regler som han ansåg var nödvändiga i en bra kör.

"Jag anser att vi ska sträva efter att ha en fungerande dubbel, dubbel kvartett i varje kyrka, bestående av två första sopraner, två andra sopraner och motsvarande i de andra stämmorna och totalt sexton stycken och till det kommer att man har bara solister och duktiga 'medsångare' i varje stämma men att man kan tillåta en mutant – någon som inte sjunger alls eller väldigt svagt – per stämma, inte mer. Detta innebär således att man har en ganska bra kör med sexton riktiga sångare och fyra mutanter.

"Låter helt ok för mig och det är ju det minsta antal en kör bör bestå av om vi inte har att göra med rena elitkörer – motettkörer – med deras svåra och konstsjungande repertoar eller hur? När man sedan sjunger upp i lite mer allvarliga sammanhang som 1 advent och eljest bör man kanske ha två 'Musikplutoner' det vill säga fyrtio sångare. Eller varför inte sextio sångare men det innebär ju att sådana som jag går in och stödköper tenorer. Jag brukar få hyggliga tenorer för mellan 2 000 – 3 000 kr per uppsjungningstillfälle – utan kvitto – och då ingår två övningar och kanske lite privatövning."

"Smygsolister kommer ju inte sällan från motett-körer eller kammarkörer" konstaterade Rot-Leif och verkade en aning uppnäst när han sa det, det vill säga mallig.

"Ja, jag tycker nog att jag eller vi tänkt till en hel del", sa Steve men kommenterade inte i övrigt Rot-Leifs utvikning.

"Okej, fortsätt," sa Rot-Leif och läppjade nu på sin algshot med ekologiska alger från Bohuslän och ett rött vinbär från Hälsingland, trakterna av Ilsbo.

"Vidare är det livsviktigt att kören avhåller sig från i vart fall parfym men klarar man inte av en deodorant så får man nog hitta på något annat att göra", sa Steve och lät lite lätt ironisk.

"Inte heller ska vi tolerera att någon i kören luktar snusk eller klär sig som en slusk. Kyrkan är ofta väldigt snäll och human samt medmänsklig på alla sätt MEN man måste också ta hänsyn till kollekti-vet och inte bara till den enskilde. Sångare i slafsig stortröja och löst hängande snickarbyxor på julafton var förkastligt och får aldrig upprepas," sa Steve och kände hur han blev opassande röd i ansiktet. "Vi måste se till att vi upprätthåller det gamla hedervärda begreppet 'hel och ren' men självfallet inte överdriver. De med svettrubbningar och andra problem måste ju också få sjunga i kör. Och alla måste få sjunga i en kör men det är inte lika självklart att man sjunger i en kör som uppträder om man dels inte kan sjunga och dels inte ställer upp på den klädkod som bestäms vid varje uppsjungnings-tillfälle."

"Håller helt med. Hur var det möjligt att det passerade", undrade Rot-Leif.

"Ja, det kan man fråga sig men jag skyller vare sig på Carola Kilt eller Lady Gaga för det här för de är för snälla, även om Carola Kilt är lite snällare än Lady Gaga.

"Okej, kör på så får vi se vad du mer har på lut-fisk", skojade Rot-Leif och log så att den illgröna algshoten blev helt synlig i hans högra mungipa.

"Alla ska på sikt kunna noter", sa Steve och fortsatte: "Men samtidigt ska kören på lite längre sikt klara sig utan noter så att de kan titta på dirigenten och inte på sina noter. Vi har ju den mycket musikaliske Goran Ullfager som hela tiden lyckas ordna ljudfiler till sångarna med hjälp av sitt not-program på keyboarden. Det är förtjänstfullt och brukar rendera honom en extra rökig whisky varje terminsavslutning. Men problemet med ljudfiler kan ju vara att körledaren byter tonart och då blir det ju genast bekymmer. Därför måste ljudfilen vara ett komplement till väl fungerande notläsning även om den tidigare så bråkiga Kyngva Kjol:s alter ego Känga Käft var beredd att avstå från nymålade naglar varje månad för att få sjunga utan noter."

Det märktes att detta var en känslig fråga för Steve Emfors och det var trist att hon körde en 'forskare' och straffade ut sig själv ur berättelsen för att slippa de så nödvändiga karikatyrerna. Utan karikatyrer dog berättelsen. Hur skulle det se ut om den kände satirtecknaren Ulf Ivar Nilsson blev alltför snäll när han karikerade verkligheten, diverse politiker och andra?

"Mycket bra, mycket bra", sa Rot-Leif entusiastiskt. "Du närmar dig snart första betalning för eget gryt." Ett gryt var helt enkelt ett rum under mark och Steve ville väldigt gärna ha ett sådant gryt och det kunde Rolle ordna. Det var ju det som i huvudsak gav honom hans många miljoner.

"Jo, man måste också ha enhetlig klädsel, särskilt vid de mer tunga uppträdena, och då talar vi inte om enhetliga kläder i allmän och diffus betydelse utan dräkt för kvinnor och kostym för herrar och snygga sjalar för damerna och snygga sidenslipsar för herrarna. Blir det för dyrt för en del är det bättre att vi har kåpor som jag dock själv tycker är lite ålderdomligt men enhetligt. En snygg kör leder också till att de som lyssnar tror att kören är bättre än den är och ger mer kollekt. Inte att förakta", konstaterade Rot-Leif och såg ut som om han trodde på vad han talade om.

"Bra, bra, mycket bra", sa Steve. "Nu bara några ord på vägen. Jag älskar kyrkan och tycker att de gör fantastiska saker och jag har varit med om fantastiska upplevelser i kyrkan men problemet är att kyrkan saknar 'sjukdomsinsikt'. De vet inte hur långt det gått med en krackelerande körsång och personer som blir allt äldre. Man tvingas ta in medlemmar som inte kan sjunga och bara är med av sociala skäl, mutantsångare ökar i antal men inte riktiga sångare, och dessutom stör mutanter och falska sopraner andra körsångare. Det är ett stort och växande problem. Medelåldern kan inte fortsätta att öka i samma takt som den gör nu. Man kan inte bara låta bli att aktivt försöka nyrekrytera körsångare."

"Kyrkan delar ut blomsterkvastar till höger och vänster och har diakoner som är väldigt påhittiga men inga, såvitt jag känner till, håller på med rekrytering på professionell nivå. Man är sig själv nog och byter ut kunskap mot 'generationskörer' och annat löst tillsatt bjäfs bara för att ha någonting att bjuda sina fåtaliga och lomhörda besökare på. Det måste få kosta att hålla sig med en bra kör. Jag talar inte om elitkör utan om en tillräckligt bra TBK-kör. Det är därför jag vill få till ett 'Dreamteam'. En kör med mycket bra sångare men fortfarande inte elit utan goda och motiverade amatörer som känner sitt värde. Med gemensam vilja kommer det här att lyckas men det krävs en handbok och det är den som du ska skriva åt mig. Hoppas att det blev någorlunda begripligt. Om vi kan ordna ett privat 'Dreamteam' så kanske det kan stå modell för kyrkans eget 'Dreamteam' och där man lär sig att låna in sångare för att få fungerande stämmor. I grunden handlar det om en slags 'bilpool' med körsångare och det innefattar även inhoppande dirigenter. Vi bryter där", sa Rot-Leif och kastade sig i den pool som gömde sig under den stora persiska mattan. De båda vännerna skildes åt. Steve tog hissen upp till markytan och begav sig hemåt på sin flakmoppe.

Nu hade han gjort sig förtjänt av en singelmalt, som var minst tio år gammal, konstaterade han nöjt när han trampade igång flakmoppen och begav sig hem mot bostaden i Mary- distriktet.

FROMMARE KAN INGEN VARA

S TEVE INSÅG ATT om man skulle kunna skriva något någorlunda läsbart om svenskt körliv i förändring, så måste man också beskriva körens medlemmar. Han började med sig själv.

STEVES TESER - en modern Martin Luther.
Steve Emfors kände sig ganska missbelåten efter gårdagens final inför Eurovision Song Contest. Han hade tyckt att Nano skulle vinna MEN det tyckte inte hans högexplosiva fru Belinda – Pretty Belinda – och därmed hade han gjort bort sig. Det fick till följd att Belinda vägrade ta emot Steves nypoppade popcorn med egenhändig smörsmaks-topping. Det innebar också att han inte blev killad i nacken som brukligt var. Kunde han inte göra Belinda glad på något sätt så skulle han obarmhärtigt förpassas till Karl Oskars 'Stuta Bås' utan tillstymmelse till 'Mod i barm'. Steve tyckte väldigt illa om att bli kallad toffel men i grunden var han väl en toffel i den bemärkelsen att han brydde sig så mycket om vad Belinda tyckte och förringade oupphörligen sina egna behov. Han tyckte rent av om att späka sig själv och såg sig också som en masochist.
Carola Kilt hade det skönt under fällen. Hon var kvarlämnad ensam i parhuset i Bauhaus medan maken Micke med döttrar var i idrottshallen i Bauhaus

38

center och spelade badminton. Carola Kilt försökte också spela badminton, då och då, men insåg att hon inte hade talang. Däremot hade hon talang för boule och älskade när hon fick spela boule tillsammans med Maria Cat och hennes kompisar Anela Mat och Gun the Gun. Den senare var ruggigt bra på boule men bara med vänsterkast eftersom den högra armen var skadad.

Carola Kilt var irriterad över att Steve ännu en gång hade tagit initiativet alldeles för tidigt med körresa och dessutom hade mage att försöka förmå henne att påverka den snälle Fader Sven och utverka respengar till middagen och helst lite till. När det gällde Gevalia gospel var det en annan sak. Då var det väldigt lätt att kasta ut 200 kr per näsa till anmälningsavgiften för de som var med där oavsett om de passade in eller inte. Men körresa? Visste inte Steve att man hade en kassa och att den skulle räcka till allt? Lade man en massa pengar på en körresa så skulle det kanske göra att den underbare saxofonisten Åke Ål inte kunde kontrakteras eller familjen där alla spelade hellre än bra uppträdda och mot alla odds få betalt för det.

Det var inte särskilt fromt att åka till Åland med modernt kryssningsfartyg och fromt skulle det ju vara i en riktig kör som hade inslag av både Pilgrimsfantomer och Retreat- rebeller. Dessutom var ju inte initiativet från Carola Kilt. Och inte heller från fader Sven och än mindre från Carola Kilts syster nyckelharpsspelaren Carola Kult från Malung. Tur att syrran var på ingång, så man kunde ta sig ett rejält tjejsnack om det här sociala övergreppet från Steves sida. Höll han på så här, så skulle hon med glädje lämna över 'Guldet' i 'Kristina från Duvemåla' till Börje Barsk, så att han fick sjunga tre sånger i stället för en. Steve hade visst inbillat sig att Barsk inte skulle vara solist överhuvudtaget men där bet han sig i stortån.

Det Steve Emfors hade så svårt att begripa var att det var körledaren som bestämde repertoar, det var körledaren som bestämde hur mycket av anslaget man fick som gick till själva kören och hur mycket som gick till solister och noter. Först skulle man se till att solisterna hade sitt och då kändes det ju extra bra om man kunde gynna sina egna och de man kände för som Gunnar och andra favoriter. Om de var särskilt bra spelade mindre roll inom kyrkan.

I grunden hade kyrkan väldigt låga ambitioner och det tyckte Carola Kilt var bra. Man kunde slänga in nya körmedlemmar som inte kunde sjunga, lite då och då. Det fick kören stå ut med. Det låg en fara i en kör som blev alltför tjenis med varandra. Därför behövde man fylla på med nya körmedlemmar och det gjorde att vissa gamla slutade som Lady Di. Det var helt ok.
Carola Kilt kunde kanske framstå som lite velig och lite from och snäll i största allmänhet men hon kände till sina rättigheter. Hon hade också stöd av

Fader Sven och flera andra makthavare inom kyrkan. Hon var en kvinnlig motsvarighet till Karl den XIV:e Johan. En kung som visste att det var han som ledde folket och det oavsett vad Norge tyckte om honom. Att han aldrig blev krönt i Norge struntade han i. På samma sätt struntade Carola Kilt i Steve Emfors körresa och andra 'hyss' från Emfors. Vem trodde han att han var?

Hon hängde med och lyssnade på när de andra sjöng karaoke på Bilagan – så långt kunde hon sträcka sig – men själv sjöng hon inte. Hon skulle ALDRIG förödmjuka sig själv genom att sjunga där. Hur skulle det se ut? Hon blev ilsk när hon tänkte på den jobbiga situationen. Tänk om någon då skulle tycka att hon inte var en så bra sångare som hon i själva verket var?

Nu skulle hon bara slappa med sin syster och ha det bra. Nästa gång hon träffade Steve skulle hon sätta ner foten ordentligt, även om det kunde innebära att han skulle hoppa över ett antal övningar. Vad gjorde väl det. Hon hade ju Börje Barsk, som alltid ställde upp på henne och aldrig krånglade, och hela åttio plusfalangen. Där hade hon sin styrka. Steve var rebell och Anela Mat var rebell men de andra hade hon på sin sida. Den saken var säker.

Anela Mat hade varit på shopping-utflykt till Mary Center och på ICA handlat både Arboga Leverpastej, risgröt, Aftonbladet och passerade

41

tomater samt skivad Jalapeno. När Steve Emfors skulle komma och hälsa på och diskutera 'Fromhet inom körverksamhet i ett holistiskt perspektiv' med bara henne så ville hon vara förberedd. Hon skulle bjuda på ostsnittar med en skiva gorgonzola och godsakerna hon köpt i dag skulle komma väl till pass en annan gång. Om Steve cyklade, vilket hon hoppades, så skulle hon också bjuda på Ingefärs shots, som var så 'himla nyttiga' med mycket Koskenkorva. Hon såg mycket fram emot detta möte och höll inte för otroligt att det kunde bli något 'grabbigt' för en Amazonkvinna som hon själv. Lite senare på kvällen skulle hon få besök av en 'kamrat' vid namn Börje Bäver som sjöng bas i Streambridgekören och var god vän till Gun the Gun och Gode Gunnar.

Det skulle bli så fint att diskutera fromhetens vara och inte vara med Steve Emfors och ha fader Svens filosofiska betraktelser som utgångspunkt för fromheten. Själv kände hon sig som en 8:a på en tiogradig fromhetsskala eftersom hon dels tog nattvarden varje gång hon var i kyrkan, samt tände ljus för saliga när hon var i kyrkan samt även lärt sig nya Fader Vår som var så svår. Inte heller var hon främmande för korta 'retreats' men däremot hade hon svårt för att göra korstecken i samband med att hon gick in i kyrkan.

Plötsligt hörde hon inte ett knackande på dörren som hon borde höra utan i stället ett bräckljud när

42

någon tog sig in med kofot. Vad var det här för nöt som var i farten. Anela Mat gick fram till den sönderbräckta dörren och brast ut i ett gapskratt. Tänk att Steve alltid skulle skämta. Det var något tvångsmässigt över detta skämtande. Han borde nog gå i terapi. Kanske att han skulle kunna börja gå hos Li(s)za Luzt? Hon hade rykte om sig att vara duktig och hade hårda nypor.

DET VÅRAS FÖR FROMAGEFOLKET

NÄR STEVE HADE varit på Waynes som pro-
tokollförare så kom han på att en elitliknande
kör med bra omfång och bra balans måste innehålla
inte bara ett antal goda sångare utan även sångare
med olika 'fromhetsgrad'. Detta för att skapa den
musikaliska 'kropp' och 'balans' som skulle vara
en tillgång i tävlingssammanhang, för tävla måste
man. Det hade han kommit fram till efter att ha
talat med Bengan Oljerud som ledde ett flertal olika
körer runt om i Gevalia och som var en stor musik-
profil i Gevalia.

Efter att ha läst 'Chateau Vadå' insåg Steve att det
svenskar lurades att dricka i sina boxar var typiskt
vinkobbel. Ett slags gluhwein i Sverigetappning. På
samma sätt gällde det nu att få till en 'körkobbel'
som var smaklig och rensad från skriksopraner och
'pratbasar' som hellre pladdrade än sjöng.

För att styra upp frågan om Fromhet bland de
fromma 'fromagefolket' så hade han tagit hjälp av
Li(s)za Luzt – som rent allmänt var den viktigaste
spelaren när det gällde graden av blandning – samt
förstås Gun the Gun, Anela Mat och Maria Cat.
Nu ville han vara herre på täppan, hur svårt det än
skulle bli, genom att försöka bli utsedd till ordfö-
rande i den församling där frågan skulle diskuteras.
Mötet hölls den här gången på övervåningen av

'Burned Bananas'. Det var ingen tillfällighet för en av ägarna, John Is, var väldigt from när det gällde musik och kunde inte för sitt liv tänka sig att lyssna på 'Mellot'. John är lika musikaliskt from som en damtoalett på ett franskt nunnekloster. Och det vill inte säga lite, tänkte Steve Emfors där han gick i sina ordförandedrömmar, med ett Höganäskrus i miniformat runt sin hals.

Tio minuter senare var alla samlade och mötet kunde börja.

"Välkomna hit. Husets Herre har extrapris på grönt te med jasminsmak och därför tog jag mig friheten att beställa en så from dryck till en så här from skara", sa Steve och log mångtydigt. "Låt mig först som sist säga att jag delar in körsångare i 'Fantastiskt fromma', 'Frejdigt fromma' och till sist 'agnostiskt fromma', lite Tomas tvivlaren. Sistnämnda grupp tror inte så mycket på att det går att få ihop en kör som både kan vara fromma och kunna sjunga samtidigt. Vad tycker du att du är, Li(s)za Luzt?"

"Nja, jag är nog i grunden ganska frejdig men samtidigt så går jag ju på pilgrimsfärd och jag ägnar mig ofta åt retreat. Jag läser också min 'Tro i hållbar utveckling' av fader Sven och sedan tar jag upp ett kapitel i taget i väldigt fromma samtalsgrupper. Det ingår ju i min coachning."

"Okej, då vet jag och kan vi enas om att Maria Cat och Gun the Gun är frejdigt fromma för ni delar ju ut blomsterkvastar till höger och vänster efter uppdrag från kyrkan. Ni är också volontärarbetare i Streambridge så en och annan våffla blev det kanske i helgen som var?

"Vad hände då? " undrade Anela Mat, som vanligt hade lite matrester i sin mustasch som hon glömt att raka bort på ett tag – det skulle ske när hon fick tid hos kvinnan som tog bort generande hårväxt i andra magasinet längs Gevaliaån – och inte riktigt hängde med. I grunden var hon oerhört smart och med i Sonta och andra intelligensföreningar men hon var också mycket, mycket disträ.

"Vi hade loppis och våffelförsäljning och hade stora problem med 'pangsjisar' som trängde sig", upplyste Maria Cat.

"Ja, det var inte riktig militär disciplin", upplyste Gun the Gun. "Hade jag varit bas för basset hade det blivit andra bullar och inte några frasvåfflor."

"Okej, då vet jag, sa Steve. Kan du då Gun the Gun säga hur from du är?

"Nja? Inte så lätt att säga? Förr i tiden så spöade jag ju upp Gode Gunnar på den tiden han var 'Galne Gunnar' men det var ju då det. Innan han fått arv och delat med sig generöst till mig så att jag kunde köpa en jacuzzi och annat nödvändigt till min relaxhörna bakom villan i Streambridge. Nu är jag nog betydligt frommare. Kanske på gränsen till 'Fantastiskt from' för jag tar nattvard varje gång jag är i kyrkan och jag tar enbart ur kalken med alkoholfritt vin och jag har gått på retreat minst en gång per månad sista året och funderar även på en 'pilgrimsvandring' mellan Frankrike och Spanien."

"Se där, se där. Bra jobbat", sa Anela Mat lite ironiskt. Hon ville verkligen göra mycket fromma saker men tillvarons taggiga trasslighet hade henne alltför ofta i ett hårt grepp, både i jobbet och privat. Hon sken upp och sa:

"Ingen slår mig dock i kyrkrodd i Undersvik. Tre gånger bara i somras, så är inte jag en 'fromgroda' så vet jag inte vem det skulle vara?" sa hon och log introvert.

"Men det var väl bara när Rune Rodd var Rorsman", sa Gun the Gun. Som plötsligt inte alls verkade så from med tanke på hennes benägenhet att från och till komma med dräpande repliker gentemot sina körkamrater. Det hade ju Steve Emfors själv fått erfara.

"Mitt förslag är i alla fall att vi låter alla de som är tänkta för Gevalia Dreamteam med Bengan Oljerud som körledare fylla i en gallup. Där tar vi upp vissa viktiga parametrar rörande fromhet. Det bör ju innefatta för eller emot Mellot. För eller emot karaoke. För eller emot pilgrimspromenader och retreat och lite annat som till exempel om man ska kunna noter eller inte? Skulle du Li(s)za Luzt kunna tänka dig att ställa ihop den frågelappen, som ett komplement till ditt pågående arbete, så får vi andra hjälpas åt att dela ut den till tilltänkta sångare. Jag tror vi väljer sångare ur Den där Marykören, Streambridgekören, El Tomasokören och Oljeruds pärlor för svinkören."

"Visst kan jag göra det", sa Li(s)za Luzt som var glad att hon nu fick en rejäl uppgift vid sidan om den hon redan fått, och inte bara vara med i Marykören av sociala skäl som att äta och sjunga karaoke på ett grabbigt sätt.

"Glöm inte heller att vi ska försöka ha en balanserad kör med tio - femton sångare i vardera stämman och en mutant på två stödsångare samt tre solister per stämma", upplyste Maria Cat som plötsligt kände att hon var verkligt motiverad för att vara med i det 'Dreamteam' som var på väg att bildas.

Kören tackade för sig och för det goda gröna teet och fick en from blick av John Is innan de lämnade 'Burned bananas'."

SKRIVANDET RULLADE PÅ för Steve och för varje gång han på allvar tänkte på körverksamhet dök det upp nya ämnen som han skulle kunna skriva om. Det tråkiga och tröga skrivandet var på väg att bli en evighetsmaskin. Det gällde bara att sätta de olika ämnena på pränt. Ett av dem var:

KÖRRESOR VI MINNS

Steve tänkte – med en liten tår i ögonvrån – med glädje och nostalgisk tillbakablick på alla de resor de olika körer som han varit med i fått göra under förra seklet, närmare bestämt under- 80 och -90 tal.

Då var det inga problem att åka till Helsingfors på den stiliga båten Cinderella. Eller hyra en buss och åka till Norge och bo i Trondheim och inte betala själv och ha en massa åksjuka damer liggande på golvet utan säkerhetsbälte. Nej, den då generösa kyrkan betalade för dessa körresor som ofta var på tre - fyra övernattningar. Två resor till Estland i Öster blev det också och även till Prag med tåg men den resan hade han nog betalt själv trodde han och det var ju med Concordkören. Nu för tiden fick man vara glad att den tidvis ganska smaklösa onsdagssoppan inte kostade mer än fyrtio kronor. Kyrkan hade blivit snål. Genuint snål, fast det växlade från församling till församling. Mary kyrkan verkade ha sämst ekonomi medan Homebridgekören hade gott ställt. Nu i höst blev man bjuden till Gevalia konserthus och då kostade biljetterna 700 kr/person om man inte var medlem i kören.

När det kommit i gång med 'The Dreamteam' och när kulorna börjat rulla in för uppträdanden man gjort så skulle man kunna göra nästan vilka körresor som helst. Kanske kunde man rent utav göra en resa till Tanzania och till Zanzibar med deras fantastiska hotell och fantastiska stränder? Visst förstod Steve att man numera inte hade råd med gratis körresor. Det vore ju förfärligt om kyrkan skulle ställa upp med kanske 1 000 kronor per år och körmedlem. Troligen skulle man väl få öka kyrkoskatten om det skedde. Inte heller hade man förstås råd att ha en körrepresentant som kanske jobbade halvtid för alla körer i Gevalia och såg till att det blev gemensamma körresor. Kanske skulle man lägga ut det på PRO, Pensionärernas Riksorganisation, eftersom de hade så mycket roligt för sig och ständiga resor. Inte kunde man lägga ansvaret för resor på körledare som själva ofta hade så fullt upp att de inte orkade tänka på resor. De var nöjda om man åkte till Söderala och en kryssning på tjugo timmar till Åland var ju förstås alldeles för stort – och dessutom ofromt – även om reseföretagen 'kastade biljetter' efter dig eftersom man ville sälja sin dyra taxfreesprit.

Steve tänkte ha det där med körresor i pipeline

och rätt som det var skulle han väl stöta på rätt person som kanske var lite beroende av honom som advokat och därmed fick man ett fint gråzonssamarbete till fromma för körresandet. Huvudsaken var väl att man inte åkte till Iran, Kina eller Norra Italien på grund av Coronasmittan som spred sig ohämmat under februari-mars 2020.

PÅ WAYNES

D ET SÅ KALLADE järngänget träffades ofta. De träffades också utan Steve. Minst en gång i veckan hade man sina möten för att diskutera projektet med att göra en kyrkokör 'rumsren' och duktig. Något att vara stolt över. Nu satt alltså 'järngänget' – de som skulle vara med och forma ett 'Dreamteam' – och språkade på Waynes coffeehouse i Nordeahuset.

Gun the Gun var sammankallande och med på mötet fanns Maria Cat samt den nya körmedlemmen Li(s)za Luzt, som först tänkte se hur kören fungerade socialt innan hon beslutade sig för att gå med vid högtidliga tillfällen och sjunga på särskilt fromma tillställningar som vid biskopsinvigningar. Hon hade inget emot att sjunga på också mer profana tillställningar, men av kollegiala skäl så skulle hon börja med att medverka i sakrala sammanhang. Eller när fader Sven hade skrivit en ny barnvisa av extra mustigt slag.

Redan nu hade hon med den äran bidragit när Carola Kilt gjort en av sina berömda räder för att få ihop en 'skrapihop kör/generationskör' med bara vuxna eller nästan vuxna.

Gun the Gun ringde i en lite kobjällra, som hon köpt billigt på Erikshjälpen, och äskade tystnad trots att det inte var en retreatsammankomst när man bara skickade lappar till varandra utan att röra på läpparna. Det som var så populärt bland 'fromagefolket' och ett av Marykyrkans paradnummer.

"Till ordningen mina damer och Steve vid protokollet. Och du behöver inte tycka till om det inte blir omröstning. Har du förstått?"

"Absolut! Jag skulle aldrig drömma om att öppna syreintaget med så mycket fägring vid min sida så väl i höjdled som sidled om ni inte krävt det av mig."

"Bra! Till saken! Vi ska åka på en så kallad körresa och det är en öppen körresa vilket innebär att inte bara 'Den där Mary - kören' ska åka utan även Steambridge samt Homebridge och vänner. Vi åker den 15 juni med Birka Stockholm, före detta Paradis, och vi åker buss till och från Gevalia om jag får bestämma?"

"Men blir det inte lite dyrt?" undrade Kyngva Kjol. "En del kanske inte har råd och då blir det ett väldans liv."

"Bra tänkt, Kyngva men jag hade tänkt att vi kunde sätta Li(s)za Luzt på att bearbeta fader Sven Jr med lite massage mot hans nackspärr och sedan droppa ämnet att varje körmedlem skulle få ett resebidrag på 500 kronor om man samtidigt lovade att köpa hans bok : 'Redbar tro i helig utveckling'."

"Oh, så bra! Så förtjusande bra", sa Maria Cat och höll så när på att sätta en kaksmula i vrångstrupen när Anela Mat, sen som alltid, kom dragande med en pensionerad, lätt sinnesförvirrad präst som hon haft som lärare när hon gick kursen 'Så tuktas en arg Bagge'."

"Borde vi inte kolla om det blir billigare till Limön, undrade Kyngva Kjol försiktigt. Eller Söderala. Den utflykten var ju otroligt bra. Tänk att få se Norrala och sedan dö och Skärså. 'Tillbaka igen, yen, gen till lilla Skärsö' ", sjung hon och log glatt och var inte det minsta ironisk eftersom hon kom från Hälsingland.

"Jag har för mig att texten var lite annorlunda", sa Steve Emfors som fått en Caffe Latte för att han skulle hålla tyst.

"Vad sa jag", sa Gun the Gun och de andra log okynnigt mot honom.

"Limön är ju också fint och även Norr-Ala", sa Maria Cat men jag håller med Gun the Gun om att det vore väldigt spännande att ge sig iväg på lite "X trafik" med buss till Stockholm.

"Nåväl, då undersöker jag kostnader för buss och hytt och mat och sedan kollar Li(s)za Luzt om det går att utverka ett resebidrag. Hon är ju den som å tjänstens vägnar har bäst kontakt med Fader Berg och kanske är bäst på att 'mjölka' någon obskyr fond skapad av någon för länge sedan avliden musikälskare.

"Tack alla och nu får även du prata", sa Gun The Gun och spetsade kaffet för alla damer som inte körde bil och sedan sjöng man 'Helan går' så vack-

ert att det blev extranummer med både 'Halvan'
och 'Tersen'.

KULTUR OCH KÖR

ÄNNU EN VECKA av det nya året – 2019 – var på väg mot sitt slut. Ännu en vecka med fullt program för Steve med arbete, familj och fritid. I söndags hade han sett Bizets 'Carmen' i gasklockorna i Gevalia. I tidigare version av Marykören så hade man åkt till Stockholm och sett både opera och musikal men det var på den tiden som kyrkan satsade på sina körer. Det gjorde man sällan nu. Ofta var man dumsnåla på ett sätt som var obegripligt för då fick man inte heller några bra körsångare. Bra körsångare var kräsna och ville att kyrkan skulle ha råd med en sjal eller slips som man fick ha hemma, men i Marykyrkan skulle allt hänga där för säkerhets skull. Inte ta hem inte. Sorgligt konstaterade Steve. Inte heller bjöd man på en biljett till Carmen. Det blev för dyrt alldeles för dyrt. Nej, hellre då Söderala eller Limön. En tur till Eckerö kunde också gå bra för det var ju nästan gratis.

Homebridgekören hade dock för vana att bjuda på en inträdesbiljett till Carmen eller något annat dyrare evenemang. Det hade dock inte lett till att man sugit åt sig duktiga körsångare. Dessvärre hade man dem man hade och det fick vara bra så. En helt vanlig kyrkokör. Varken bättre eller sämre, men en kör som definitivt skulle må bra av att man tittade lite närmare på den för att se hur den kunde förbättras. När det gällde tydlig dirigering så fanns dock inget att klaga på. Lady Gaga var duktig och bestämd. Homebridgekören var det allra bästa exemplet på hur man gynnar sin egen kör. Man gjorde inga direkta körresor men man var noga med rejäla kaffepauser och fint kaffebröd. Man skämde bort karlarna och det var inga problem för Charles att få kaffe och kaffebröd serverat vid bordet. Charles hade svårt att gå så det fanns fullgoda skäl att hjälpa honom.

En styrka med Homebridgekören var att alla fick vara med till dess att man 'stupade' men å andra sidan kanske man borde ha en bortre gräns för hur länge man skulle sjunga i kör. sjuttio-sjuttiofem år borde kanske vara lagom i en huvudkör och sedan kunde man gå över till en av alla dessa 'trivselkörer'. Hur det än var så blev rösten lite tröttare med åren och volymen var inte heller alltid så bra. Skriksopraner hade sin bästa period i livet och det fanns sådana även i Homebridge. Att få lite stöd från en 'Dreamteamkör' var uppenbart positivt.

FÖRESTÄLLNINGEN I GASKLOCKORNA

STEVE FÖRUNDRADES ÖVER hur duktiga amatörerna var. De var inte bara duktiga på att sjunga utan även på att agera. Mäktig föreställning men väldigt långt fram till pausen, två timmar, på de illa klädda stolarna. Steve led svårt av att han inte hade tillräckligt 'fendrande' stoppning av skinkor och lår. Så långa stunder på stol utan rätt att förflytta sig var inte riktigt hans grej. I kören fanns flera som han kände igen. Bland annat körledaren Bengt Oljelund. Vidare en dam som varit med i 'Trevnadskören' i Mary församling och flera andra. Duktiga var de så det räckte och Steve hade gärna varit med, men han insåg att det skulle ta alldeles för mycket tid i anspråk. Det hade han fått klart för sig efter att ha talat med Markysinnan, och det skulle inte accepteras av hans kära hustru Belinda så länge man hade relativt små barn.

Annars tyckte nog Steve att sådana här projekt var bland det bästa man kunde ägna sig åt för här fanns ju körsångare som kunde sjunga på allvar och som vågade sjunga ut och som var motiverade.

Han antog att det var samma sak med Gevalia Gospel. Men där handlade det om att vika en hel helg och troligen en del övningar utöver det. Den tiden skulle nog också komma. Nu handlade det återigen om att få medarbetare som hjälpte till att 'mjölka' den snåla – ekonomiskt försiktiga – kyrkan så att det blev några trevliga minnen när man tittade tillbaks på det gångna året. Ett alternativ var förstås att skaffa sig egna medel genom att exempelvis ha musikcafé – som Homebridgekören – som gav en del intäkter. Å andra sidan hade Steve hört att Homebridge skänkte det mesta av de pengar man fått in på sitt musikcafé till någon behövande grupp i samhället. Man hade alltså alternativ finansiering och frågan var hur man fick sina pengar. Det skulle Steve ta reda på.

RÄFST OCH RÄTTARTING

STEVE INSÅG ATT det gällde att handla på alla fronter om det förändringsarbete som krävdes inom svensk körverksamhet skulle komma till stånd. Ett av de svåraste men mest nödvändiga bitarna var att ägna lite tid åt 'omgruppering'.

Steve Emfors hade pratat med fader Sven om det som representerade arbetsgivaren för i detta fall Carola Kilt och han hade även fått klartecken från Mr Q som representerade 'funktionärsteamet'. Det vill säga sådana som läste i kyrkan och gick med håven och var allmänt trevliga representanter för den stora gemenskapen som kyrkan bevisligen var för väldigt många människor.

Basarna klarade sig helt helskinnade och fick vare sig krav på omgruppering eller gult kort det vill säga varning. Däremot fick Börje Bil känd från Lyktan i Hamrånge – en bensinstaion på 80-talet – rätt att sjunga i tenor om han ville och det förutsatte också att han sjöng med Steve eller Börje Båt – Oh Mercy – som 'leadsinger'. Det var ännu inte grönt kort för honom att växla upp till den mycket svårare – tonbildningsmässigt – tenorstämman. Ingen i tenoren la heller in sitt veto i det pseudoparlament som skapats i lönndom för att minska makten för Carola Kilt. Parlamentet hade tillkommit på Steve Emfors och Q:s inrådan men även Börje Borr ansåg att det var viktigt att bilda en paraplyorganisation ovanför huvudet på Carola Kilt. Hon hade helt enkelt varit vingelkantig en gång för mycket och det knorrades i leden över denna velighet, oavsett hur charmerande person hon än var som musikalisk ledare och medmänniska.

Tenoren hade lite svårare att klara sig. Anela Mat fick en relativt skarp tillrättavisning för att hon kom och gick lite som hon ville och för att hon även serverade shots med alkohol till minderåriga. Visst hade den blivande konfirmanden – Mimmi Mandela – sett äldre ut än sina 14 men Anela Mat hade glömt att googla hennes ålder och då gick det som det gick. Ture Ton fick beröm för att han bytt ut batteriet till hörapparaten i höger öra som var det viktigaste örat när det gällde körsång, men att han kunde försöka vara lite mer uppmärksam vid känsliga avslag så att han inte fortsatte att sjunga efter att Carola Kilt nickat till.

Ture hade en vän i viken i kören genom Liza Last, som var alt och som gärna såg till att han fick hjälp med att plocka fram noter och tillse att de inte låg upp och ner i pärmen så att Ture Ton slapp bläddra så förtvivlat. Hon bodde i samma område som Ture Ton och lovade att hjälpa honom att krysta ut ljudfiler från Goran Ullfager som försåg alla körer i södra Norrland med körfiler i rätt tonart. I dessa filer fanns musikaliska stopptecken som gjorde att man kunde öva in när man skulle sluta sjunga. Det var en fördel när man var 80 plus och hade längre stoppsträcka än de som ännu inte fyllt 70. Den gruppen var dock mycket sällsynt i Mary-kören.

I sopranen var man tvungen att ta till lite tjuv och rackarspel eftersom man inte ville tala om för Fia Forsk att det fanns en subversiv gruppering inom kören som försökte undergräva den auktoritet som Carola Kilt borde ha men inte hade. Fia Forsk umgicks med Carola Kilts man, Nore Norsk, som var bördig från Danmark och var vän med med Fia Forsks man Fjodor som ingick i samma Matlag i kollektivhuset på Batterigatan. Nu åkte hur som helst mistluren Sara Sol ut och blev omgruppe-rad till sångkören 'Hälsa för halsen'. Hon fick ett avgångsvederlag på 2 000 kr, betalt av Rot-Leif för att hon inte överklagade omgrupperingsbeslutet. Sopranen Wartzava Wolf fick ett gult kort för att hon inte sjöng ut ordentligt och samma var det med Kjyngva Kjol för att hon fem år i rad vägrat att lära sig mer än de tre första tonerna i skalan – hon ansågs därmed ha CDE-hd syndrom.

Efter att denna åtgärd vidtagits kände sig Steve Emfors mycket nöjd och så även Q och Rot-Leif var glad över att han kom undan med att bara betala ut 2000 kronor i övergångsarvode. Rot-Leif firade utgiftsvinsten genom att bjuda Steve, Anela Mat och Gun the Gun på lite barskakning på Burned Bananas. Anela Mat hade bjudit Gun the Gun på äggtoddy från frigående höns i Alsbo, så de två damerna var ganska bladiga redan när de kom till Burned Bananas. Å andra sidan var det ofta svårt att avgöra om Anela Mat var berusad eller nykter eftersom hon gick på ganska stark hostmedicin som innehöll både lugnande och alkohol.

Hur som helst hade sällskapet en härlig stund tillsammans och sjöng barnvisor av Fader Sven och Gullan Bornemark och när sällskapet suddat klart erbjöd sig Steve att skjutsa hem Anela Mat på sin flakmoppe medan Gun the Gun som vanligt följde med Rot-Leif hem till Stor grytet i Home-bridge skogen. Hennes make, Gode Gunnar, var på eldsläckningsträff i södra Sverige, så honom behövde hon inte oroa sig för på några dagar.

SKRIVANDET

S KRIVANDET HADE GÅTT dåligt i februa-
ri. Nästan sämre än sämst. Steves ambition att
skriva något om kören tre - fyra dagar i veckan
hade helt kommit på skam och nu skulle det tro-
ligen dröja till maj innan han hade någon typ av
manus klart som kunde sättas på pränt. Det skulle
verkligen behövas för hans självkänsla att få till
något. Om än bara ett manus på 100 - 150 sidor
trots att det borde vara på minst 250 sidor vid det
här laget. Det var ju bara att göra som fader Sven,
den där Mary - herden som också var filosof. Det
vill säga hitta ett tjugotal rubriker och skriva tre -
fem sidor om varje rubrik och sedan var historien i
hamn. Mycket smart och överskådligt. Själv skulle
han kanske behöva trettio rubriker för att få till
önskade 150 sidor. Från och till trodde Steve inte
alls att det var just han som skulle skriva 'bibeln'
för körsång och livet i en kör. Hans mormors ord
ringde i hans öron: "Du ska inte tro att just du är
bättre än en någon annan." Du ska inte tro att du
är någon körsångare av värde. Du är bara en enkel,
sliten bonde i livets koristiska schackspel. Så sa
hans inre röster. De var sällan nådiga. Hans överjag
hade alltid plågat honom och sett till att han hade
skuldkänslor för allt mellan himmel och jord, men
nu var det värre än värst. Det var tydligen en del av

åldrandet att dels plågas mer av skuldkänslor och dels inte tro på sig själv i samma utsträckning kanske som när man var fyrtio. Å andra sidan mindes han ju inte det, så det var svårt att sia om hur stor den egentliga försämringen varit.

Rösterna från överjaget var mycket motstridiga. Å ena sidan sa de att han kunde komma hur långt som helst – det ska gå, det måste gå sa det lilla Blå tåget – medan de andra 'Rot-Leifvänliga' rösterna tog ner honom på jorden. Och under tiden kom han inte vidare vare sig rent musikaliskt eller kunskapsmässigt. Det var bara att inse. Nu var det emellertid inte hans egna sångprestationer som skulle mätas utan det var att skriva om vad som hände i kören och varför. Det kanske var dags att börja. Han kunde ju ta den övning som var i onsdags för att komma på något.

ONSDAGSÖVNING OCH OBESLUTSAMHET

CAROLA KILT VAR lika oemotståndlig som alltid i sina fräsiga, lite gammaldags, 'Madick-enkläder' som föll så vackert över hennes, närmast atletiska, väna väsen. På gott humör var hon alltid och lika förvirrad som alltid när hon skulle försöka förklara varför det blivit fel när hon kopierat och ord hade hamnat på fel rad. Tydligen skulle sista ordet på rad tre flyttas till rad fyra men helt säker var Steve inte. Carola var en suverän pianist och förtjusande på alla sätt men det där med att förklara var inte riktigt hennes grej. Hon var ingen Lady Gaga – i Homebridgekören – som alltid hade svar på tal.

Steve hade 'öppet köp' köpt tio slipsar på Ascot, i Gevalia centrum, för en spottstyver, 1000 kr. Italiensk siden. Röd botten med blommor. Skulle passa bra när man sjöng 'Nu grönskar det i dalens famn' och andra blommiga låtar men kunde även fungera till advents-och julkonserter.

Steve fick herrarna med sig och varje körmedlem köpte helt sonika sin egen slips för hundra kronor och betalade till Steve. Hade kvinnorna fått samma möjlighet var Steve övertygade om att det inte blivit något inköp om inte körkassan betalade.

Damerna var mycket mer ekonomiska än herrar när det kom till utgifter och det var väl också därför som den hushållsbudget som damerna höll i höll medan det var mången man som misslyckades när de skulle hålla i plånboken.

En tydlig skiljelinje mellan damer och herrar, således.

Carola Kilt var spontant för tanken på 'körslips' om slipsarna fick hänga i kyrkan. Steve tyckte det var roligare om var och en fick ha sin slips hemma. Han ville stärka körens makt kontra Carola Kilts – som tidigare beskrivits – och de andra som bestämde inom kyrkan. Det var därför han också hade med sig lite extra tilltugg till körfikat så att man inte bara skulle hänge sig åt den totalt smaklösa, uppskurna osten och samma gamla trötta kex som alltid. 'Limpmackesyndromet' inom kyrkan hade han svårt för. Ibland var fikat så torftigt efter högmässan att han ångrade att han ryckt upp barnen och släpat med dem en söndagsförmiddag för att de skulle få höra 'Herrens ord' i 'Fader Svens' eller någon annan herdes tappning.

Herrarna var mycket vänliga mot Steve och alla accepterade dels att det här blev en körslips och också att man betalade själv. En välbehövlig seger för Steve.

Nästa programpunkt för att göra Mary - kören till den mest sociala kören i Gevalia var att försöka släpa med dem på Karaoke på Bilagan. Ungefär halva styrkan tyckte att det var en bra idé och det skulle betyda cirka tio - femton som skulle ställa upp på evenemanget. Steve tänkte höra med Gun the Gun

– i Streambridge – och andra om de inte hade lust att haka på. Ju fler desto bättre. Intressant att se om den här kören var lika pigg på att uppträda som 'El Tomaso-kören' när Maggie the Voice såg till att de hamnade där cirka två gånger per år. Nu gällde det att ringa den där restaurangen och preliminärt boka en tid men det skulle väl reda sig med den saken. Nu skulle han hur som helst ta barnen till Fjärran Höjder för att bada men först dansträning med storasyster. Det var så lördagarna såg ut. Stunderna med barnen var det bästa i hans liv men ju äldre barnen blev ju mer vilja fick de och därför var det inte alls självklart att de ville göra något som Steve Emfors ville göra. Det var bara att gunga med.

GULA VÄSTAR I KYRKAN

STEVE EMFORS HADE kallat till möte på Hilda Boms balkong och bad enträget att Gun The Gun, Maria Cat, Liza Last och Kyngva Kjol skulle vara med. Dessa var de mest militanta damerna inom körsången som Steve kände till i Gevaliakretsen. Om det skulle bli något 'djävlar anamma' inom kyrkan – som hade så otroligt stort behov av förändring efter att man glott på symbolisk 'tjock tv' hur länge som helst – så krävdes det att starka damer skulle vara med. Visst skulle det behövas herrar också men de lyssnade inte kyrkan på i samma utsträckning. Det var som alltid kvinnorna som styrde i samhället, konstaterade han och så även i kyrkan. Det var väl ganska symptomatiskt att den som var högst här i kommunen var en kvinna och biskopen var ju också en kvinna.

Bland män hade behovet av Metoo varit betydligt större än för kvinnor – det visste alla män – men män kunde ofta inte ta för sig. Därför kunde man också lättare få en släng av 'Me too - sleven' när damerna kände sig förtryckta trots att det var män som var förtryckta på arbetsplatser, i familjen och i kyrkan etcetera. Detta gällde vanliga mellanmänskliga relationer och inte brottslighet som misshandel och annat. Att det sedan fanns dårar som kyrkvaktmästare och andra som kladdade på personalen var en annan problematik. Det var ju något kriminellt och något som inte hade att göra med vanligt vardagsförtryck i psykosociala situationer.

"Tack för att ni kunde ställa upp med så kort varsel", sa Steve Emfors ödmjukt. "Men nu börjar jag bli fruktansvärt trött på allt styrande och ställande inom kyrkan. Det är som om vi körsångare är en skock får utan rättigheter. Vi förmodas stiga upp i ottan för att öva några stackars psalmer, eller slagdängor som vi redan kan. I 'Guds vind syndromet' och komma en timma före högmässan och i Homebridge sjuttiofem minuter före. Själva övningen tar kanske trettio minuter och sedan kan man möjligen på nåder få kaffe men det man glömmer är att det hade varit tillräckligt att sjunga en halvtimma innan och därmed ordna sovmorgon med ytterligare minst trettio minuter och kanske fyrtiofem om man bara såg till att stänga kyrkan medan man övade. Det är en sak som jag vill att ni tar upp med höga vederbörande och det andra är repertoar och hur den bestäms och det tredje är körresor och inköp till körens fromma."

"Okej, då har vi en dagordning", sa Gun the Gun som var van att peka med hela handen och fick Liza Last med sig som var den som såg till att det var disciplin i kyrkan och inte en massa obefogade 'skojserier' på fika och eljest.

Hon satte dagordningen och gjorde man inte som Liza Last sa, så fick man Kyngva Kjol på sig som

70

var 'Vilje - exekutor' för Liza Last.

"Det ligger någonting i vad Steve säger", sa Maria Cat som kunde vara nog så kavat om hon var på det humöret.

"Hur tänker du då?" frågade Kyngva, Växbos stolthet bland månskensbönder från utomsocknar. Kyngva var fortfarande med då och då, men bara om det skrevs bra saker om henne.

"Ja, det är ju väldigt snålt med körsjalar till exempel och helst ska ju de hänga i kyrkan och inte tas hem och skötas om och kännas som en personlig trofé", dristade sig Maria Cat till att säga.

"Kåpor kan man i alla fall inte ta hem", sa Gun the Gun barskt.

"Nej, förstås! Men en körsjal är inte så tung", fortsatte Maria Cat. "Och den kan man ta hand om och dra försorg om och vi har inga sjåpiga kåpor i Marykören. Det är väl bara ni i Streambridge som håller på med sådant otidsenligt och fromt larv?"

"Icke, sa Nicke Lilltroll", kontrade Liza Last. "Man har kåpor lite här och var och även i Bauhauskören för att ta ett exempel."

"Likadant med slipsar", sa Steve. "Vi har fruktansvärt fula, bajsbruna batikslipsar som ingen vill ta i med tång och därför så tog jag initiativ till att köpa in fina italienska sidenslipsar från herrmodebutiken As-cool. Carola Kilt trodde att det kanske gick att betala för slipsarna ur körkassan men bara OM de hängde i kyrkan och inte togs hem. Jag blev så irriterad att jag bad herrarna betala själva för sin slips och det gjorde de, så nu har vi faktiskt en körslips som INTE kyrkan betalt och inte damerna eller Fromagefolket – de överdrivet fromma – i nåder köpt in. Hur mycket jag än uppskattar Carola Kilt så kan jag inte låta hennes tankar alltid få genomslag i 'fromfamiljen'."

"Bra, jobbat", sa Kyngva Kjol. "Det initiativet har du all heder av och du har stöd från oss sopraner, men jag hörde att en av de äldre altarna tyckte att det var 'en kupp' att göra på det sättet."

"Jo, det hörde jag nog", sa Steve roat. "Och den kuppen genomfördes men det behövs fler. Det här med repertoar vill jag ta upp senare."

"Okej! Låt oss diskutera det här vidare men nu tar vi en paus så att vi får njuta av 8:a sorters hembakta kakor som inte är 'bak-talade' av någon här på balkongen", sa Gun the Gun och skämdes lite för att hon försökt vara rolig.

Kaffekalaset satte fart direkt efter mötet och höll på i modiga två timmar. Man skojade och glammade och alla försökte se ut som de tyckte om att sitta ute på en balkong. Visserligen hade ju balkonginnehavaren Hilda Bom infravärme men eftersom hon var vinterbadare så ansåg hon inte att det behövdes. Det var också hon som sjöscout i Testebostream var den enda som vägrade krypa in i sovsäcken. Hon låg direkt på marken med bara lite torkat sjögräs som underlag och skydd mot markens kyla. Det

var också hon som hade mest bett av rödmyror
och skorpioner och ofta var alldeles rödflammig
på rumpan under sommarhalvåret. Det kunde
man konstatera när hon badade naken i ån. Hilda
Bom var en äkta scout och hade varit scoutledare
i många år. Hon hade även tagit med sina telning-
ar till Tiveden i Västergötland, som var alla från
Sundsvall och söderut svenska scouters eget Mecca.

MOT LJUSARE TIDER

STEVE KÄNDE ATT han hastigt och inte olustigt gick mot ljusare tider. Inte bara bokstavligen utan också mentalt. I januari hade han absolut ingen sånglust och var helt inne på att läsa spanska i stället för att öva skalor och ge upp körsjungandet för alltid. Så blev det inte. Han slutade dock med regelbundna övningar i Homebridgekören. Det blev för stressigt. Han slutade inte helt utan var beredd att hoppa in 'vid behov'. Steve hade en märklig och egensinnig vurm för att behövas och han älskade om någon körledare ringde honom. Det hände inte ofta men det hände då och då.

Vid närmare eftertanke var ju Carola Kilt med kör ett helt osannolikt socialt kit även om Carola Kilt inte var den som borde stå för den sociala biten. Det var inte hennes grej och varför skulle man lägga det på henne. Hon var en ypperlig musiker och en ständig solstråle men nöjesgeneral skulle hon inte behöva vara. Då blev det inga körresor. Inte ens till Söderala. Däremot borde han själv vara med och styra och ställa, ingen blygsamhet där inte, liksom Kjyngva Kjol i sopranen, Maria Cat i alten och Börje Borr i basen. Liza Last kunde inte vara med för hon skulle bara bestämma men den där nya Li(s)za Luzt kunde nog vara ett ämne, som altrepresentant om inte Maria Cat ville vara med.

OM KÖRMEDLEMMAR

S TEVE EMFORS AMBITION var att skriva lite om körmedlemmar i åtminstone vart annat kapitel. Så hade det inte varit hittills. Å andra sidan, så fanns ju inte körmedlemmarna i verkligheten utan skulle vara karikatyrer så därför kunde man ifrågasätta om det var någon mening att skriva om dem överhuvudtaget. Av pedagogiska skäl och för att många var så nyfikna rörande vem som dolde sig bakom porträttet så skrev han lite i alla fall.

ETT DJUP-PORTRÄTT AV LIZA LAZT

Liza Last var barn till ett finskt krigsbarn som kom till Sverige 1944 utan sina föräldrar. Fadern var anhängare av de 'vita' under finska inbördeskriget och modern röd. I alla fall om den tämligen köttiga näsan och även politiskt. Fadern blev tillfångatagen och förd till Sibirien där han dog av köldslag. Mamman överlevde pappan med 20 år och dog i en förort till Tammerfors. Lisa blev väl omhändertagen av sin mor och kände ingen direkt längtan efter att efterforska sin bakgrund men fortsatte tala förortsfinska trots att hon kunde skriva och tala svenska hur bra som helst. Hon var också född i Sverige 1960. Liza var gift med kyrkvaktmästaren Pjotr i Streambridge och hade med honom tre barn. Samtliga vuxna.

På fritiden brukade Liza försöka lära sig jojka. Enligt uppgift hade hon sameblod i sig på sin fars sida. Hon var även intresserad av knyppling samt att måla kurbitzmålningar. Varje sommar brukade hon åka med Anela Mat till Orsa och träna på att få kurbitz kurvorna åt rätt håll. Liza Last hade talang men den saknade Anela Mat i det här fallet.

Mat och kropp: Liza älskade mat och var tämligen omfångsrik och hade kunnat jobba som regntunna om hon varit tom inombords. Hon vägde sina modiga hundratjugo kilo men var ändå ganska graciös. Om hon måste välja mellan Lappskojs och renskav så valde hon renskav trots att hon sällan hade problem med fötter som måste plåstras om.

Tandborstning: Här föredrog Liza eltandborste, men drog sig inte för en icke elektrisk dito under semester eller vistelse på annan ort än hemorten.

Noter och instrument: Liza spelade kam obehindrat och även altblockflöjt. Det var även det som gjorde att hon valde att bli alt i stället för sopran när hon började sjunga i kör. Hon hade inte problem att läsa noter och ansåg att noter hade ett egenvärde ett så kallat notvärde.

Vänner i kören: Lizas bästa vän var Kyngva Kjol och hon gjorde allt hon kunde för att stödja och hjälpa Kyngva som hade lite svårt för sig och inte kunde lära sig noter. Fast egentligen var det nog så att hon inte ville och Kyngva hade å andra sidan ett oerhört starkt muskelminne. En annan vän var

Börje Bil och hon hade även lätt att umgås med körledare Carola Kilt.

Sushi eller pasta: I sitt nya liv, som innebar att hon skulle försöka gå ner 500 gram i veckan så passade sushi bäst även om hon gärna åt pasta Carbonara med gräddig sås.

Aftonbladet eller Expressen: Här föredrog hon Aftonbladet där hon en gång blivit karikerad och hon hade även skrivit under en försäkran till Steve Emfors att hon accepterade att bli karikerad om han lovade att inte skriva något elakt om hennes morfar i Sibirien.

Steve tyckte att han fått en ganska klar bild av Liza Last och insåg att hon var en tillgång och mycket väl kunde ingå i ett Dreamteam men då i första hand i farmarligan. Att hon var lång gjorde också att hon inte behövde stå på gradängerna. Hon passade bra nära Maria Cat som också var lång. Hon var dock betydligt längre än Rikki Kikki Tavi men det fick lösas i ett senare skede.

Volym och omfång

Lisa Last hade ett omfång på cirka två oktaver och det var hon nöjd med. När hon var riktigt uppsjungen kunde hon komma ner på ett lågt g och som högst landa på högt D eller möjligen E. Volymen var något skral. Hon var ingen solistsångare men var inte rädd för att sjunga med Kyngva Kjol eller annan person. Däremot var hon inte så trakterad av att sjunga helt själv.

KORTPORTRÄTT AV TURE TON
SAMT MAJORSKOR

T URE TON VAR social som få och sjöng regel-
bundet i minst fem körer och så hoppade han
in i andra körer dessutom. Han var ingen baddare
på noter men han var en baddare på att sjunga högt
– volym nio – och han sjöng som han ville och lite
till och gjorde vad han kunde för att lära Anela Mat
sjunga fel. Och det var ju inte så svårt. I grunden
var det väl inte så fel men han sjöng som han sjöng
i någon annan kör och inte som Carola Kilt ville.
Stod det piano kunde man vara säker på att han
sjöng forte och man kunde också vara säker på att
hans avslut kom en - tre sekunder för sent. Ture Ton
hade väl viss kunskap om att det var så det förhöll
sig men det hindrade honom inte från att ständigt
förmana Anela Mat att sjunga på visst sätt. Just
det där att förmana var väldigt typiskt ofog i alla
körer. Det fanns alltid en eller flera som förmanade
i kören. Steve hade själv hemska minnen från vissa
av 'ruggugglorna' i El Tomasokören och all deras
pedagogiska iver. Oftast var det kvinnor som hade
denna självpåtagna och minst sagt jobbiga roll.
Kvinnor hade alltid bättre koll på sånglogistiken
och hade antecknat med blyerts ex Vers ett alla
Vers två altar och sopraner, vers tre herrar och vers
fyra alla igen. När damerna skrev flitigt så skru-

vade männen på hörapparaten, petade sig i öronen eller diskuterade hur det gick i en hockey eller fotbollsmatch. Därför så sjöng de flesta av herrarna när de skulle vara tysta och det uppmärksammade ordningskvinnorna (zippmajorskorna) genom att vända sig om under uppsjungning när man stod på gradänger eller högt tillrättavisa under övning. På det sättet kunde herrarna tillrättavisas på ett korrekt sätt enligt 'majorskorna' uppförandekodex. Dessas kvinnor hade uppenbarligen Julia Caesar som sin husgud.

Detta fick ibland till följd att vissa herrar slutade innan de ramlat av pinn eller gick in i dimman. Det var mindre bra för kyrkokörer som mer och mer såg ut som en blivande elefantkyrkogård med extremgamla som fortsatte sjunga trots att de var både döva och halvblinda. Det var ju ett av problemen som Steve försökte att åtgärda med sitt skrivande och skulle försöka belysa på ett så pedagogiskt sätt som möjligt I denna biografi över körliv.

Bannor utav alla damer, majorssmurfarna, var det som gällde för män, oavsett stämma. Ibland fick Steve för sig att det var en av anledningarna till att kvinnor och särskilt mutanter sjöng i kör. Det var ett kompensationstänkande för bristande makt i hemmet och på arbetsplatsen. Även mutanter tillrättavisade alltså. De kanske inte kunde sjunga ut själva men de visste hur det skulle låta om man sjöng. Kanske kunde man säga att det var därför mutanter behövdes i en kör utöver att de var väldigt sociala och bakade goda kakor och ofta klädde sig snyggare än de kvinnor som kunde sjunga, som var lite mer malliga och trygga i sin sångroll.

Det slog Steve gång efter annan under skrivandet hur oerhört mångfasetterad en kör var. Det var ju också något väldigt speciellt att ostraffat få tillrättavisa sin sitta-bredvid-granne. Hur vanligt var det på exempelvis en språkkurs?

Ture Ton hade ett väldigt omfång i sin röst. Han kunde sjunga starkt som få men som sagt oftast på fel ställe. Problemet att sjunga för starkt hade börjat med att han arbetat på statens fortifikationsförvaltning och där gällde det att skrika och tala högt om man ville göra sig hörd. Nu var det tjugo år sedan han gick i pension men forte fortissimo gällde fortfarande för honom, så ofta som möjligt och så länge som möjligt. Om Ture Ton kunde man också säga att han var gråsosse och inte tog i kvällstidningar. Han tyckte om serier på tv men helst något gammalt av bra märke som Bröderna Cartwright eller familjen Flinta. Idrott tittade han gärna på och särskilt skidskytte när det var jaktsäsong. Han motionerade inte så mycket själv på grund av ganska allvarliga artrosbesvär. Han läste inte så mycket men löste gärna korsord. Han hade hund men ingen katt och han var änkeman sedan fyra år tillbaks. Han trivdes bra i sin tvårumslägenhet, en bostadsrätt som var fullbetald. Ture Ton hade blivit utkastad från sitt tidigare äktenskap med Tura Ton men det var inget som bekymrade honom särskilt mycket. Han trivdes i sitt eget sällskap och hade en väldans massa olika projekt som tog mycket av hans tid.

ANELA MAT OCH BÖRJE BARSK
MED FLERA

ANELA MAT VAR kanske den som var trötast i kören. I alla fall trött när Steve bad henne att kommentera de protokoll som han skrev och försökte få feed back men Anela protesterade och skrev på Messenger att 'hon orkade inte' hon var SÅ trött. Trött blev hon uppenbarligen efter att ha givit unga och gamla råd om sex och samlevnad och delat ut en och annan gratis kondom eller spiral på 'Nativitetshälsan', där hon arbetade. Anela Mat var annars – liksom Ture Tran – utomordentligt social och omtyckt av alla, när hon var någorlunda vaken, men det var viktigare för henne att tjoa och tjimma och gärna skratta högt åt något som Ture Tran sa än att lyssna på Carola Kilt. På det sättet kunde hon ibland framstå som lite jobbig. Hon påminde om Börje Barsk som i tid och otid satt och snattrade med Börje Bok med hög stämma.

Barsk var ju förvisso solist – och tillika maskodlare – och den som var mest bekant med Carola Kilt men det var ingen ursäkt. De sjöng ju och spelade ihop så Carola Kilt hade svårt att tysta just Börje Barsk personligen. Ibland hände det att Barsk fick med sig både Börje Borr och Börje Bil i sitt munhuggande och då blev det ingen ordning på något innan Liza Last hutade åt karlarna och fick stöd av

Maria Cat. I grunden kunde man säga att körövningarna var ganska anarkistiska och mest beroende på basarna samt Anela Mat och Tore Ton.

Det fanns också en och annan i sopranen som var ganska yviga av sig. Överhuvudtaget var det här med disciplin en oerhört viktig fråga. Det insåg Steve där han satt och skrev och försökte komma på nya ämnen att skriva om. Kanske att Steve var tvungen att få till en arbetsgrupp med Gun the Gun och Liza Last som tog upp just den frågan.

Om man sedan gick tillbaks lite till Anela Mat så var hon bördig från Haparanda och kunde även tala finska obehindrat. Hon var smärt och smidig, trots sina 180 centimeter över havet, och åkte tjej-Wasan varje år. Hon spelade badminton regelbundet. Hon var inte vinterbadare men var ovanlig på det sättet att hon föredrog att bada toppless, precis som man gjorde på 70-talet, om det inte var för många ingående blickar från herrarna i hagen.

Anela Mat älskade kyrkrodd och hon försökte åka till Wonderbay så ofta hon kunde. Hon talade mjukt och fint och hade ett bra, men lite mångtydigt, kroppsspråk om än lite yvigt och det hände att hon välte ut Ture Tons kaffekopp vid fikat. Hon läste kvällstidningar och hade tittat på Melodifestivalen och vågade erkänna det öppet. Däremot så var hon mindre intresserad av Smetana och andra antika kompositörer. Hon läste med i trosbekännelsen men kom oftast fel eftersom hon försökte att läsa utantill och det gick mindre bra på grund av hennes begränsade minnesfunktion.

När det kom till notteknik så kunde hon läsa noter eftersom hon spelat blockflöjt en gång i tiden. Hon hade dock svårt att komma ihåg hur de lät trots att hon lyssnat på Goran Ullfagers prisbelönta musikfiler hur länge som helst till frukostflingorna. Hon hade problem med sitt muskelminne och hade ingen C E G C G E C i muskelminnet trots att hon gått på inte mindre än sju koristkurser. Hon kände en rädsla för att hon aldrig skulle kunna ta körkort. Hon insåg att hon egentligen borde lyssna mer på Steve än på Ture Ton men tyckte Steve var lite snobbig av sig så det blev nog inte av. Hon fick leva med sin bristande förmåga att mata muskelminnet med lite olika ramsor för att lättare kunna förstå hur en viss not lät. Hon var dock mycket bättre än genomsnittet av särskilt altar som jämt tjatade på Carola Kilt att ta en viss ton även om den inte ens var höjd eller sänkt.

BAS FÖR BASSET SAMT EGENHETER

JU MER STEVE skrev om körliv, ju mer fascinerad blev han över vilket kvinnodominerat område körsång var. Åtminstone i en kyrka. Körledaren var en relik från Ludwig XIV:s tid och allt av intresse bestämdes av damer och herrarna fick hänga med bäst de ville.

För att bara ta ett exempel så hade man Musikcafé i Homebridgekören den 27 april. Körledare Lady Gaga bestämde helt självsvåldligt vad man skulle ha på sig trots att det mycket väl kunde ha lämnats över till körrådet. Vidare var körrådet överkört när det gällde när de olika stämmorna skulle sjunga i vissa hurtiga 'vårtrudelutter'. Nu tvingades man bland annat sjunga det vidriga musikstycket 'Tussi tussilago' som var väl lämpat för sent utvecklade barn under sju år men inte för vuxna. Det kunde körrådet ha bestämt att man inte skulle sjunga och man kunde även fått visa framfötterna rörande om man skulle sjunga 'dam dam' eller 'pam pam' i något annat 'övervintrande' musikaliskt elände vars enda förtjänst var att ordet sol ingick.

Det var damerna som kokade kaffe och det var damer som sålde bröd och lotter. Steve bidrog med bröd men blev ändå inte tillfrågad om han ville sälja bröd som han gärna tackat ja till. Det som dock förvånade var att han blev erbjuden att få en biljett till en konsert i början av november i Geva-liaburkens konserthus trots att han inte längre var ordinarie i kören. Kanske var det svårt att bli av med biljetterna eller också dök det väl upp någon som inte varit där på 10 gånger som gjorde anspråk på biljetten. Det kunde ju faktiskt vara så att kören tyckte att han gjorde lite nytta även som inhoppare. Oavsett hur det förhöll sig så uppskattade Steve gesten.

Det var också damer som gjorde kaffelistor och bakade för kung och fostervatten även till kör-repetitioner. Under det år Steve varit med på allvar i kören hade han aldrig ombetts koka kaffe eller baka. Amazonerna bestämde även där. Även i Marykören så var det ofta kvinnorna som styrde och ställde om det behövdes men där gjorde man det enkelt för sig genom att bara ha kex och ost till fikat. Inte så mycket att förbereda med andra ord.

EGENHETEN ATT INTE HÄLSA

Ä VEN OM STEVE slitit sig upp ur den härliga bingen för att 9. 45 befinna sig i Stavkyrkan med Homebridgekören, så kunde han mötas av minst tio damer som inte hälsade. Alla män hälsade snällt och Lady Gaga hälsade samt Bonny Bee och några andra favoriter, men merparten av damerna hälsade inte. Oklart varför.

Någon gång tänkte Steve ta mod till sig och utforska varför det var så. Tyckte de att han var äcklig eller snobbig eller fanns det en annan förklaring? Kanske ville de i grunden ha en damkör? Så hade det ju blivit i Streambridgekören under en period innan en mycket populär körledare Lady White från Hillarykören flyttade på sig till Streambridge och tog med sig alla tenorer. Visst kunde det väl hända att man inte hejade så tydligt ens i Marykören men det kunde han ha större förståelse för. De som var med där kände han. Vissa var också väldigt duktiga på att hälsa som Ture Ton som ständigt var på gott humör och även Börje Boule, som inte bara hälsade utan även var väldigt social.

Bland herrarna, i Homebridgekören, fanns totalt fyra sångare och inte en enda bas – om man inte räknade Lady Gagas man som inhoppare – så det borde ju finnas ett visst intresse att de få herrar som var kvar inte troppade av i ren besvikelse över kvinnornas agerande.

Om Steve Emfors skulle vara riktigt ärlig så hade det successivt blivit bättre med hälsandet i Home-bridgekören och han hade även lärt känna en del av sångarna i Homebridge vilket förstås gjorde att hälsandet kom mer naturligt.

CON BOCCA CHIUOSA

ATT SJUNGA MED stängd mun var inte det lättaste. Det hade Steve själv konstaterat. Men det var ju inte helt ooöverkomligt att få till. Så snart cbc fanns med i noterna så skapade det problem. Vissa lärde sig aldrig och frågade om man skulle sjunga på o, a, å eller någon annan vokal men vid närmare eftertanke borde ju de flesta inse att man inte sjöng på a i alla fall för då var ju inte munnen stängd. Det fanns mycket att skriva om detta fenomen men Steve orkade inte skriva mer just nu.

PYSPUNKA

STEVE HADE SPELAT lite tvärflöjt i sitt tidigare liv och även trumpet så han visste att det var väldigt viktigt att hushålla med krafterna och dra i magstödet för kung och fosterland för att få till dels en stark ton och dels en lång ton. Många var de körsångare som bara slutade sjunga trots att det var en helnot och som lät som när man skulle pumpa en cykel och inte såg till att luften kom i slangen utan utanför slangen. Varför pratade man inte om sådant här? Varför måste allt ske när man hade kördag och inhyrd sångpedagog. Då var ju inte ens halva styrkan där så de som mest behövde kunskap om att få till tonbildningen låg troligen hemma på soffan och tittade på idrott. När Steve fått fart på sitt dreamteam så skulle det här bli en mycket viktig fråga. Den saken var klar. Då ska man också införa både notfiskal och teknisk sångsupport.

MÄN SOM FUSKAR

ETT ANNAT OMRÅDE som man måste belysa, i ett verk som det förevarande, var det faktumet att en hel del män, särskilt tenorer fuskade. Inte hela tiden men ofta. Fusket bestod i att man sjöng en ters lägre än vad det stod i noterna. En annan sak var att man rätt som det var sjöng sopran eller rent av alt och rent var det absolut inte. Basarna hade så speciell stämma att den inte riktigt lämpade sig för fusk. Där var det väl snarare pyspunka som kunde vara ett problem. Man sjöng inte med tillräcklig pondus och styrka och det var synd eftersom basstämman ofta var väldigt bra satt och lät fint och hade många enkla och robusta 'dam dam' partier på bara en ton.

I VÄNTANS TIDER

DET VAR NU bara fyra dagar kvar till karao-
ken i Gevalia City på Bilagan. Många var för-
väntansfulla och såg fram emot sjungandet medan
andra var ganska rädda av sig och uttalade tidigt
att 'Jag ska inte sjunga' eller 'jag ska absolut inte
sjunga, men om jag tvingas till det ska jag sjunga
med någon annan.'

Det här ledde ju osökt fram till Steve Emfors
och Rot-Leifs tankar om 'körtyper'. På samma sätt
som att man under Aristoteles tid var 'kolerisk' och
'sangvinisk' så var körsångare antingen a. solister
b. stödsångare – man sjöng bara om man hade stöd
av solister – eller c. 'mutanter' – man var tysta eller
nästan tysta.

Carola Kilt påstod helt frankt att hon inte skulle
sjunga karaoke, när hon talade med Steve Emfors,
men när Steve sa att till och med Gevalias grand
old lady Rakel Guld hade sjungit duett med honom,
så blev hon mer positivt tveksam. Hon förstod ju,
förhoppningsvis, att om hon inte vågade skulle
många andra inte våga men om hon vågade så skul-
le det leda till en väldigt positiv 'koristisk domino-
effekt'.

Kyngva Kjol, som egentligen inte var med i hand-
lingen längre, var också tveksam till om hon skulle
sjunga men hon syftade antagligen på att sjunga

solo. Hon var ju en hybrid mellan solist och stöds-
ångare. När hon var säker och låten satt i muskel-
minnet så var hon ju helt visst en solist men i och
med att hennes bestialiska envishet spelade henne
stora spratt så kunde hon ju inte börja lära sig noter
på sin ålders medelhöst, ansåg hon.

Med Liza Last skulle ju Kyngva hur som helst bli
solist, om hon nu kom överhuvudtaget. Kyngva var
en mycket upptagen dam och hade mycket bokat
även under arbetsveckorna.

Anela Mat var ju inte bara lat av naturen – som
Steve tidigare konstaterat – utan hon var också
matglad och även musikaliskt matglad och skulle
kanske kunna tänka sig att sjunga solo. Det blev
spännande att se hur det blev med den saken.
Men eftersom hon var en stödsångare så måste det
vara något hon verkligen kunde som 'Highway to
hell' av AC/DC

Maria Cat från Sätra Cat-home var ett solistämne
men under rätt förutsättningar och om hon var på
gott humör.
Hon ville gärna sjunga med Rikki Kikki Tavi som
var en mycket säker alt och som även var solist i
olika sammanhang inom kyrkan.

Forskar-Fia var en duktig sångerska som först
sagt nej till att komma med i församlingen men
när hon såg att tjugo hade anmält sig till Karaoken
så ändrade hon sig men vägrade sjunga. Det skulle
inte vara passande.

Hon var ju trots allt med i en from Fromagegrupp inom kyrkan och var regelbundet med på Retreat-resor och annat religiöst 'örongodis' som Steve hade svårt för.

Ja, där har vi ett axplock av vad som komma ska, tänkte Steve i sin ensamhet. Den som är mest orolig för vad som ska hända på onsdag är 'Kia Krakow'. Med sin bakgrund från Vit Ryssland är hon alltid misstänksam. Hon misstänker att Steve ska skriva om det här och det har hon ju alldeles rätt i.

KRISMÖTE

ROT-LEIF HADE KALLAT till sig Steve med anledning av det giftiga inslaget från Lisa H på Steves alter ego Tore Telgstens FB sida. Steve hade ju gud bevars ingen egen sida men ändå verkade det som om Tore Telgsten skulle klä skott för Steves åsikter.

Rot-Leif förstod sig inte på folk. Hade man ingen humor eller hade man ingen känsla för mänskliga rättigheter? Dessutom inblandning av etik och moral för advokater. Mycket märkligt. Det räckte väl med den hemska och förhatliga disciplinnämnden för advokater. Det behövdes ingen privat 'inkvisition' dessutom.

Rot-Leif låg tillbakalutad i en av sina sköna relaxfåtöljer i sitt bekväma 'Gryt' i Homebridgeskogen i Gevalia. Vid sin sida låg Steve Emfors som hyperventilerade efter att det han skrivit lett till att Forskar Fia skulle säga upp FB vänskapen med Tore Telgsten som inte ens var inblandad i Steves berättelse. Han hade ju bara vänligheten att trycka det som Steve skrev för att Steve inte själv var med på FB och därmed inte kunde förmedla sina tankar om körlivets vedermödor.

"Hur tog du det här hemska påhoppet", undrade Rot-Leif deltagande.

"Jag blev mycket förvånad och besviken", sa

Steve som var överkänslig för viss kritik. "Påhoppet kom ju dessutom från en av de personer i kören som jag tyckte bäst om, innan det här hände", konstaterade Steve vemodigt.

"Nu förvandlades allt i ett penndrag. Nu blir det jobbigt att gå till kören. På sikt finns det en risk för avhopp i kören från min sida, men kanske från andra också", sa han lakoniskt och med pannan i djupa veck. "Nu ska man väl inte tala i egen sak men tenorer växer inte på träd. De tävlar ju om en i alla körer. Nu kanske jag i stället ska gå tillbaks till El Tomasokören som ordinarie körmedlem och endast vara med i Marykören när den har kul projekt på gång, istället för tvärtom", resonerade han mer eller mindre för sig själv.

"Ja, det är ju sådant här som inte får hända, men att reta sig på en litterär berättelse det är ju mer eller mindre svagsint, tycker jag", sa Rot-Leif som retat upp sig ordentligt på kommentaren från Fia Forsk(are) .

Den som alltså gick ut på att Steves karikatyrer påminde för mycket om verkligheten och därmed var ett angrepp inte på karikatyren men på den levande personen.

Vilken det var som var förnärmad hade nog aldrig riktigt kommit fram men troligen kunde det vara Carola Kilt eller den nya sopranen som hade varit lite ofräsch på någon övning i början men nu skärpt till sig.

"Ja vi har ett samhälle där man i princip kan skriva vad som helst på sociala media och där vi skyddar nazister som vill demonstrera och gå förbi judiska kyrkor och så kommer sådant här. Vart är vi på väg om vi inte får skriva en drapa om svenskt körliv i karikatyrform och låna lite drag från verkligheten utan att bli hängda och borttagna som vänner. I förlängningen är ju agerandet fruktansvärt allvarligt", fortsatte Steve. Han var glad att Rot-Leif höll med honom.

"Håller helt med. Jag hoppas du får stöd av några modiga i kören och kanske av författaren Göte Swan och att du och Fia Forsk kommer sams på sikt. I annat fall kan det bli problem med forskningen. Du behövs i den här kören för att kunna få ihop vårt dreamteam. En kör ska ju vara så bra att de efterfrågas av våra kända artister och du hörde väl att Hillary kören skulle få åka ner till Stockholm och sjunga med Tommy Nilsson kommande helg."

"Ja, det borde jag ju veta eftersom jag var med som inhoppare i Hillarykören när de var i Hillary-kyrkan", sa Steve och visade ett visst mått av irritation.

"Ja, du Steve. Vad dåligt minne jag har ibland. Jag var ju för övrigt förvånad att kyrkoherden Jona Clar inte frågade mig om jag hade lust att vara med. Jag har ju en skolad röst och det kan man väl inte riktigt säga om din röst, även om den är helt okej", sa Rot-Leif medvetet sarkastiskt. Nu gav han igen för den ironiska kommentar som Steve nyligen kommit med. Det syntes på Steve att han blev mycket besviken över påhoppet men samtidigt så ville han inte ta en fight med Rot-Leif i den frågan. Han höll med om att Rot-Leif sjöng bättre men att det kanske inte var den gradskillnad som R-L inbillade sig och att det framförallt inte kom fram så tydligt i en kör. Det var ju en annan sak när man sjöng solo.

Å andra sidan kom inte alltid Steves röst till sin rätt eftersom han inte var så van att sjunga i mikrofon och överhuvudtaget kände sig obekväm i solistrollen. Hur gärna han än ville sjunga solo så ville han förstås att det skulle låta bra.

Rot-Leif hade ju säkert varit solist vid minst 100 tillfällen och Steve vid kanske ett 20 tal tillfällen och vid hälften av dessa tillfällen hade han inte ens sjungit i mikrofon.

"Hur går jag vidare nu?" undrade Steve och försökte svälja förtreten med Rot-Leif och hans synpunkter på hans insats.

"Du eller vi får ju inte tystas av det här. Det behövs ju en 'Bonusfamiljen' -drapa i många avsnitt om svenskt körliv och det enda jag kan rekommendera är väl att göra personerna i drapan mer avkönade men även det känns ju inte helt rätt. De som blir karikerade borde ju i grunden känna sig hedrade för då anser man att de syns och att deras egenheter är värda att belysa i karikatyrform."

"En del personer, som Gun the Gun och Maria Cat tycker ju det är ganska kul med själva storyn och att viss sammanblandning sker mellan verkliga personer och litterära personer", förklarade Steve. "Andra tycker det är jobbigt, inte minst den känsliga och väna Carola Kilt. Även Fader Sven har uttryckt sympati för 'utpekade' karikatyrer men sagt att han själv 'inte bryr sig'.

"Med andra ord så går jag på det och fortsätter skriva som om inget hänt, men jag tänker göra min 'Whisky blended blandning' i körversion ännu mer blandad än tidigare", sa Steve och försökte att inte se medtagen ut, trots att han var det. Det kan ju, trots allt inte vara förbjudet att skriva om olika sångartyper och logistik för att få till ett 'dreamteam' motsvarande USA:s basketlag i Barcelona 1992 och låta folk få upp ögonen för hur det är att sjunga i kör. Kanske det också kan göra att man själv vågar gå med i en kör men då väljer rätt kör och inte hoppar in i en kör som inte alls passar den egna kapaciteten. De båda vännerna skiljs åt.

ORDNING OCH REDA

G UN THE GUN hade samlat stormtrupperna
på Waynes Cofee i Nordeahuset med an-
ledning av den kris som uppstått efter att Fors-
kar-Fia kommit fram till att historien 'Mitt liv som
körsångare', som pågått i närmare fem års tid blivit
hårt kritiserad. Kritiken gick ut på att det var 'omo-
raliskt' och 'allmänt hemskt' att man kränkte kör-
livets helgd – som betydde så mycket för så många
– genom att låna drag från befintliga körsångare
istället för att bara 'hitt på allt' vad man orkade och
koncentrera sig på vad det innebär att sjunga i kör.
Detta är välkänt för läsaren men inte för de som
kallats till mötet. Diskussionens vågor hade gått
höga. Liza Last hade ordet.

"Ja, hur skulle det gå till om Rune Andersson
eller någon av Bamses tecknare skulle komma med
något som gjorde att seriens handling kunde för-
växlas med verkligheten? Kanske farmor var Mar-
got Wallström eller något annat hemskt? Vargen
kanske var Donald Trump och om så vore borde väl
Donald Trump kunna stämma Bamses tecknare?"
sa Liza Last som alltjämt accepterade att vara med
i berättelsen. Kyngva Kjol däremot togs nästan bort
helt på grund av porträttlikheten med en sopran i
Mary-kören med starka kopplingar till barn. Det
visade sig dock att Kyngva var så populär hos Steve

att hon poppade upp då och då i berättelsen i alla fall. Men alltid i snälla sammanhang.

"Okej," sa Gun the Gun men nu lämnar vi den här tvisten och försöker komma fram till vad vi har lärt oss hittills om sångteknik och diverse annat.

"Vad har vi uppnått? Vad har vi kunnat föra vidare till Steve som tecknar ner vår berättelse och den där Tore Telgsten som blir hängd om Steve tycker fel?" fortsatte Gun the Gun som alltid var på hugget och var körens egen 'Gula väst'. Anela Mat var sömndrucken men kunde ändå säga: "Vi har kommit fram till att det finns minst tre sorters sångare: Solister, medsångare – också kallade stödsångare – och mutanter. Men det har vi ju tjatat om några gånger eller hur?"

"Helt korrekt, sa Gun the Gun, och vad kan man säga om relationen mellan sopraner och altar?" undrade hon och såg uppmanande på den nytillkomna medlemmen i 'Styrelsen' Li(s)za Luzt. Li(s)za Luzt var glad att hon fick frågan och svarade: "Vad jag kan minnas från tidigare så bör 60% av sångarna vara altar och 40% sopraner och samma relation mellan tenorer och basar."

"Mycket bra Liza. Du har huvudet på skaft. Kan du också säga något om hur man ska få fram den relationen i ett tänkt "Dreamteam? "

"Var det inte något med att man skulle låta en del sopraner sjunga alt och en del basar sjunga tenor?"

"Du är ju en fena på det här trots att du inte börjat

sjunga i vår kör men borde göra det", konstaterade "Gunsan" vänligt.

"Tack", sa Li(s)za Luzt och rodnade klädsamt.

"Kan Liza Last säga någon om körvolym?"

"Körvolym? Det var ett lite konstigt ord för mig men jag gör min egen tolkning. Carola Kilt säger ju alltid att man ska lyssna på varandra och med det tror jag hon vill säga att man ska lyssna på varandras volym och inte som Steve Emfors hela tiden tror att man är solist. Genom att vara solist skrämmer du stödsångarna så att de inte sjunger ut och körens "kolaratur/klang" kommer inte fram på ett 'adekvat' sätt om jag ska försöka vara volymrelevant", sa Liza Last och verkade väldigt mallig för att hon kunde uttrycka sig så diffust.

"Ja jag tror att du är rätt ute, även om jag inte riktigt förstår din rotvälska", sa Gun the Gun. "Det jag framfört till Steve är att varje stämma ska höras och därför kan inte någon stämma framträda för mycket och även tenorer måste inse att 'p' är piano och 'f' är forte och att det finns många nyanser där emellan. Vi ska ju efterlikna en symfoniorkester och i en sådan orkester får de olika instrumenten hela tiden komma fram, inte minst i solopartier om jag förstått det hela rätt. Vad kan man säga om 'dramaturgin' i berättelsen om en kör, som Göte Swan var inne på?"

"Ja, nu är ju Göte Swan en riktig mallpropp med härskarteknik från Sveriges, tror han, framsida", sa

Maria Cat. "Han far med lögner om hur farligt det är att ha falska kaminer inne, så jag vet inte om vi ska bry oss om honom. Men dramaturgin kommer väl när man beskriver hur irriterade tenorer kan bli på att basarna pladdrar hela tiden eller att alla blir irriterade på skriksopraner. Sedan kommer ju all dramaturgi när man ser till småbarnsföräldrar där en förälder får gå till kören och sjunga i tid och otid medan den andre föräldern får stå över för att hon är alt och mannen tenor. När sedan kvinnan är på dåligt humör efter att mannen kommit hem och fått lovord för sin insats i kören – när hon varit hemma och nattat skrikigt och jobbigt barn – och hon då slår ner vederbörande i ren självbevarelsedrift och i nödvärn, är det ju bara helt rätt", konstaterade Maria Cat som nu var högröd i ansiktet. "Detta kan i sin tur leda till att hon blir åtalad för grov miss-handel trots att hon i grunden är en väldigt lugn person", sa Maria Cat och log hånfullt.

"Bra där", sa Gun the Gun uppriktigt nöjd och det där sista exemplet tror jag du själv upplevde när du bodde i Streambridge, eller hur?"

"Just så. Därför var det så bra att ta just det ex-emplet", sa Maria Cat och var i sin tur nöjd med att Gun the Gun hade så bra minne.

"Bra att ni vågar ta exempel ur verkliga livet. Och utan att skämmas och utan att vara rädd för att Steve ska skriva om det. Om han nu lyckas med det efter allt som varit. Är det ett problem så måste vi göra en rokad och påstå att det var Anela Mat som tyckte som du tyckte, Maria Cat, i fall det skulle vara känsligt för dig."

"Låter klokt" sa Maria Cat och därför kan ju alla uttrycka vad som är känsligt för just dem.

"Tack för allt tyckande", sa Gun the Gun. Jag ska framföra vad ni sagt till Steve och Rot-Leif på nästa ledningsmöte i Kyrkfront med styrelsen, under ledning av fader Sven."

GORAN OCH YGGVERT
9 mars 2020

GORAN OCH YGGVERT jobbade flitigt vidare. Med sitt gemensamma skrivprojekt. Man var nu framme i mars månad och de fick viss inspiration av marskatterna. I april var det häxor som dominerade och deras tjut var ju mindre angenäma.

"Hellre marskatter än påskkäringar", sa Yggvert för sig själv där han satt med öppen dörr på Gorans utedass på Gotland och försökte skalda. Det var inte så lätt. Han frös lite óch hade fått en släng av Flänsost. Troligen på grund av att Goran inte hunnit sanera sittringen innan Yggverts besök. De hade kommit tillsammans i lördags till huset i Klintehamn och nu var det måndag den 9 mars. På överfarten till Gotland hade Goran, Yggvert och Gorans hustru Tiny sjungit dryckesvisor för både kreti och pleti. Vissa tyckte visorna var bra och Goran som aldrig försummade ett tillfälle att sälja sina sånghäften sålde hela nio stycken häften och inkasserade 900 kronor som han broderligt delade med Yggvert som genast köpte en stövelöl på en liter för att fira den oväntade inkomsten.

En av gästerna på båten var nykterist och tillhörde sällskapet Jehovas vittnen. Därför kallas han herr JV i berättelsen. Herr JV tog illa vid sig när Gorans mullrande bas kolliderade med Yggverts spräckta tenorstämma. Detta var under 'Dona-tionsvisan' och herr JV ansåg att visan rimmade illa med 'Jakten på sanning' ur Vakttornet och det fick till följd att herr JV sparkade på Gorans högra skenben. Goran sparkade tillbaks med sina arbets-skor från Jula som var stålförsedda och det gjorde oturlig nog att hela herr JV:s underben krasade och kollapsade. Goran fick som straff – av fartygsbe-fälhavaren – spjälka benet med en scoutmitella och två stela fiska pinnar som Goran alltid bar på sig.

När Goran och Yggvert sjungit 'En sal på lasaret-tet' med originaltext så blev herr JV så trött att han somnade. Möjligen kan det ha inverkat att Goran – som var veterinär – hade givit herr JV en spruta med smärtstillande som var lämplig för en arden-nerhäst på 400 kilo. Mannen ifråga vägde på sin höjd sjuttio.

Yggvert fortsatte sitta på sitt utedass till dess att han förfärdigat en text – dagens första – som han hoppades skulle kunna platsa i 'The best of the golden Bellymans' kommande vissamling.

MOLOKEN MONOKEL
Mel: Spelmannen
Kat: Tragedier

Jag har en moloken monokel
Med repigt dåligt glas
Det hände när jag var på
Ett stort och härligt kalas
Under taffeln tappa jag monokeln
Någon trampa på mitt glas
Det blev rispigt
Det blev sargat
Plötsligt borta var min extas

Jag tappa monokeln på golvet
Den som trampa på saken var Klas
Han var inte van vid sprit
Han gick sällan på kalas
Men på min monokel kunde han trampa
Denna usla lilla karl
Som faktiskt var min släkting
Ja det var min egen far
Skål!

Yggvert den 9 mars 2020

KÖRLIV

KÖREN HADE DENNA dag varit med i en så
kallad generationsmässa och det blev en rejäl
kör men det blev inte Marykören utan bara fyra -
fem stycken från den kören och resten var 'inlånta'
men bra blev det ändå. Carola Kilt var inte sällan
osviklig när det gällde att få ihop en kör mot alla
odds. Hade hon varit den som sett till att det fanns
trupper under Karl XII: s tid så hade kanske inte
Kalle Dussin förlorat slaget vid Poltava?

Filosofen fader Sven var också duktig när han
ledde sina mässor och i dag hade han till och med
bytt ut 'bergspredikan' mot ett samtal med fritids-
pedagogen Carola Stjärna. Samspelet var lysande
och alla i publiken verkade nöjda.

Bra var också Herden Erik EK, fast inte just i dag,
som hade så bra hand med barn att en tvååring
under en generationsmässa snällt stod och lyssnade
bredvid Erik i stället för att springa runt och ställa
till oreda och slå på de blå dopkorten som barnet
brukade. Steve Emfors funderade i vanlig ordning
på hur mycket han skulle ta med när det gällde
'fromfolket – Fruit de fromage – men försökte hitta
en bra balans och hoppades att det inte skulle bli
några nya 'Forskar-Fia' skandaler.

KÖRMEDLEMMAR

BÖRJE BIL

STEVE HADE TÄNKT – som han tidigare skrivit – att han i varje avsnitt skulle berätta lite om någon körmedlem men så hade det inte blivit. En som stod på tur var Tenoren Börje Bil. Börje var en herre på dryga sjuttio som levde för sitt utseende och sin framtoning. Han var lyckligt gift enligt vad Steve erfarit. I vart fall så klagade han inte öppet på sin hustru, vilket var ett gott tecken. Börje hade alltid sina skor oklanderlig putsade. Det var välskötta skor, gärna sportiga, i storlek fyrtiotvå och gärna kängor på vintern. I läder förstås.

Till välsittande byxor, från herrbutiken Ascot, hade han ständigt en snygg märkeströja. Tröjorna fick han oftast av sin kära hustru till jul och födelsedagar. Märket fick gärna framhävas om det så var en häst á la Ralph Lauren eller en krokodiltröja á la Coste. Börje använde ogärna kläder där det inte klart framgick att plagget kostat en del och att vanligt kreti och pleti inte hade råd att bära det.

Börje Bil – också kallad Oh Mercy – hade ett vinnande sätt och många var de kvinnor som beundrade honom och gärna ville sitta bredvid honom vid fikapauserna, vilket var en nog så tydlig parameter på popularitet. Han var dessutom med i Gevalia Gospel varje år och uppträdde där mycket förtjänstfullt och kunnigt. Han blev därför mer subventionerad än de som inte sjöng gospel till Steves förtret. När han inte sjöng i kör sprang han omkring på 'olderly Bay' och försökte komma fram till var Steve Emfors hade sitt kontor. Hittills hade han inte lyckats och det sa ju en del om hans klena lokalsinne. Det vittnade i någon mån också om blyghet. Oh Mercy var en person som inte ville störa. Ganska vanligt fenomen i körsammanhang.

Börje Bil var också en stor anhängare av jazzmusik, inte minst Duke Ellington och Errol Garner. Börje var heller inte oäven på munspel. Det hände att han spelade ihop med Börje Barsk på musikcaféer eller vid andra speciella tillfällen. Börje Båt var en glad lax som börjat som bas men sedermera blivit uppgraderad. Han tittade på melodifestivalen fläckvis men var inte särskilt förtjust i bidragen och tyckte att Jan Malmsjö töntat till det som ställt upp ett år trots sin ålder och trots ganska allvarlig ohälsa. Han föredrog Aftonbladet framför Expressen trots att han röstade åt höger. Han skulle aldrig rösta på M och inte på SD eller KD. Han hatade nazism och översittarfasoner över allt på jorden.

Tidigare hade han bott med sin förtjusande hustru i 'Mary området' men nu hade han boendemässigt 'uppgraderat' till Gevalia Beach området som så många andra vällyckade personer tagit sin tillflykt till. Han ville i grunden köra BMW men hade ännu inte gått över till en 'riktig bil' utan höll fast vid sin vita Mercedes – som han fått köpa billigt i anslutning till att han gått i pension – med smäckra linjer. Sådan var han i korthet den inte helt långe, men högt uppskattade, Börje Bil. Om Steve fick bestämma så skulle Börje Bil absolut vara med i 'the Dreamteam' och då som stödsångare. Han hade också kapacitet att under rätt ledning bli solist.

GORAN ULLFAGER OCH YGGVERT YXA

Efter att yggvert gjort det han skulle
på utedasset så satte han sig ner med Goran för
att diskutera hur man bäst skulle använda sig av
tiden på Gotland. Man hade bara tid på sig till den
12 mars så det fanns ingen tid att förlora. Det man
primärt skulle syssla med var att gå tillbaka till den
vistradition som fanns på Gotland från medeltiden
och framåt. Det här med att göra musik till trumma
och kobjällra hade en särskild plats inte minst på
Stora Karlsö, utanför Klintehamn.

Man beslöt sig också för att ta kontakt med 'Medel-
tidsveckan' och höra om man fick sjunga några av
sina visor som hade koppling till Vikingar i allmän-
het och Röde Orm i synnerhet.

Under tiden som Yggvert och Goran gjorde upp
sina planer var Gorans hustru och käresta ute i en
närbelägen hage och plockade vitsippor. Hustrun
Tiny var liksom maken intresserad av dryckesvisor
och sjöng inte alls illa. Hon försökte lära sig de vi-
sor som bröderna Bellyman hade författat. En av de
visor som hon tränat på senaste var 'Jag är äcklad'.

JAG ÄR ÄCKLAD
Mel: Spelmannen

Jag är äcklad av min min make
Jag är äcklad av min far
De går omkring helt nakna
Visar klockspel och husar

De badar alltid bastu
Super, slåss och svär
De verkar inte fatta
Att de ställer till besvär

I grunden var inte Tiny trött på sin make. Tvärt-
om. Han var mycket romantisk och köpte fredags-
present till henne varje vecka och han var också
generös när det gällde att dela på kostnaden för
transport till Gotland med färja. Han lät henne även
vara med och sälja 'Dryckesvisor' till sin knypp-
lingsgrupp hemma i Gevalia och han betalde hela
vattenräkningen trots att det var Tiny som duscha-
de längst i familjen.

Det som gjorde att Tiny tränade på den här visan
var att det blivit ganska svettigt i bilen när man
åkte ner till Nynäshamn och det var mest Yggvert
som luktade hade Tiny konstaterat. Å andra sidan
förstärktes männens dofter av att de båda svettades.

KARAOKE PÅ BILAGAN

D ET VAR NU bara två dagar kvar till dess att
Marykören skulle träffas på 'Bilagan' men
först äta på Don Pepino. Steve såg mycket fram
emot den här träffen och om den blev bra var det ett
kvitto på att människor i kören ställde upp på hans
idéer och det var bra för hans ofta sviktande själv-
känsla.

Han älskade karaoke och hade sjungit karaoke
kanske trettio - fyrtio gånger i sitt liv. Det kunde
också vara mer än det. Största publiken hade han på
'Voyager of the sea'. Världens största kryssnings-
fartyg. Son och X -Mary var med på resan. Det var
väl för cirka femton år sedan han tog mod till sig
och sjöng 'Annies song' inför en publik på kanske
1 000 personer. Sången var alltför högt satt. Även
om Steve var tenor så var han inte hjältetenor á la
Il Divo. Kanske inte ens förste tenor. Det gick åt
fanders förstås. X-Mary var tröstande men sonen
ville inte prata om eländet. Han skämdes. Ville
inte känna släktskap på ett par timmar men det
gick över tack och lov – efter sedvanlig muta – och
som tur var så gick det nya tåg, långt borta från
det aktuella kryssningsfartyget. Det var närmare
tjugo som anmält sig till karaoken och det innebar
att kanske femton skulle komma. Steve hade fått
tämligen stränga förhållningsregler av Carola Kilt

att inte skriva om karaoken men Steve hade sagt att han inte skulle skriva något elakt om henne och det löftet skulle han hålla.

Steve hade inte råd med att nya 'forskare' skulle ge sig på honom. Sådant som ledde till att man sa upp bekantskapen på FB. Det var ett alltför högt pris. Det var väl till att gå omkring och fråga folk: " Är det okej att jag lånar drag från dig i mitt lilla skådespel, författande?" Fanns det författare som gjorde det? Fanns det på kartan eller bara bland 'forskare'? Ja, de skulle väl förhoppningsvis tala om för de undersökta att de ingick i en undersökning men det var väl inte riktigt samma grej? Eller var det det?

Hur som helst var det advokatetiskt förfärligt skrev forskaren i sitt tidigare angrepp, men det var historia nu. Här skulle skrivas om 'Bilagan' och vad som utspelade sig där.

Steve tänkte tillbaks på alla trevliga karaokeaftnar han haft med Maggie the Voice på 'Bilagan'. Det var alltid hon som fixade de där sammankomsterna. Vansinnigt kul att sjunga 'Jackson' med Maggie the Voice eller lyssna på Markysinnan och Goran Ullfager när de sjöng 'Highway to hell' eller när Steve sjöng duett med Rakel Guld, allas vår musiklärare och inspiratör. Vad de sjöng hade han glömt men kul var det. Två dagar kvar och i morgon bara en dag kvar. Spännande!

NÅGOT I BAKFICKAN

STEVE BÖRJADE BLI otålig. Han hade en bok att skriva. Han hade ett 'Gryt' att vinna. Han hade att hålla sig väl med den högste i 'Näringskedjan': Rot-Leif. Och han hade att hålla sig väl med 'kreti och pleti'. Han måste vara tydlig vad gällde att skildra det hårda och ibland otacksamma livet som körsångare i kyrkokör. Det stämde väl kanske inte alltid, men för en del var det ju inte bara lustfyllt att vara med i en av Sveriges största folkrörelser; det sades att mer än 500 000 människor sjöng i kör. Det krävde sin man och alt som oftast ångrade han att han åtagit sig uppdraget men nu skulle båten ros i land, och det som nu komma skulle var inte så svårt att beskriva på ett begripligt sätt. Hoppades han i alla fall.

PÅ DON PEPINO

DET VAR ETT rejält gäng som samlats på 'Don Pepino', en restaurang i centrala Gevalia. Närmare bestämt var man ganska exakt tjugo stycken. Inklusive de personer som redan från start sagt att man inte skulle sjunga. Det var en härlig blandning av frommasom var djupt troende, anarkister och även en och annan agnostiker. Det var ont om herrar men Steve var där liksom Ture Ton och Q – Häll – en sångglad man från Hälsingland med friskt humör som inte lyckats få med sin förtjusande fru. Annars var de som ler och långhalm och kunde knappt slita sig en enda timme från varandras närhet, under dygnets alla timmar. Man var på väg att fira femtio år som gifta och det fanns inte bara ett antal barn utan även barnbarn.

Q var en hybrid mellan solist och stödsångare. Han sjöng betydligt bättre tillsammans med Börje Barsk och Q läste noter utan problem och hanterade också piano hyggligt liksom hammondorgel. På 60-talet hade han varit med i en lokal grupp I Järvsö som hette Järvsö blomster. Det var ett bra namn eftersom Q sedermera blev blomsterhandlare och levt gott på det i många år genom att sälja blommor på Torget i Gevalia.

Sällskapet åt och drack. Maten var förträfflig. Framåt 20. 00 började karaoken. Steve var först att gå fram till micken. Han var laddad men inte övermodig. Han ville inte råka ut för nya 'Titanic-framträdanden' som det på 'Voyager of the sea'. Han var förvisso initiativtagare och veteran i Karaoke sammanhang.

Annat var det med sopranen Li(s)za Luzt som inte hade sjungit på någon riktig karaoke tidigare men däremot hade hon sjungit scoutvisor i Falutrakten. Det var vid Hosjön, vid ett flertal tillfällen och hon var en baddare på den klämmiga scoutsången så som 'Jopp hej di hej di hej da'. Li(s)za Luzt hade också varit blåvinge innan hon blev en riktig scout och slutade som blåvingeledare när hennes scoutperiod var över.

När Steve sjungit sin 'Candle in the wind' av Elton John och Bernie Taupin var det dags för Liza att knalla fram med diverse fromma och frejdiga damer och dra ett örhänge från Siv Malmqvists 60-talsrepertoar. 'Flickor bak i bilen'. Man sjöng med den äran och drog ner mycket applåder.

Snart dök Anela Mat upp, men hoppade över maten och gick världsvant direkt ut på Karaokegolvet och drog 'Sånt är livet' – Anita Lindbloms största örhänge – och fick rungade applåder för det. Hon återkom själv ytterligare två gånger men sjöng också en ganska okänd med finstämd sång med Ture Ton, på finska. Den gav inte lika mycket applåder som de tidigare egna framförandena men flera tyckte att det var en av kvällens höjdpunkter. Anela Mat

118

hade även velat sjunga med Steve Emfors men hon var så sent ute att det försöket misslyckats. Steve sjöng ytterligare två låtar själv och var också med i blandad skara och bidrog med ytterligare två låtar. Totalt sjöng han vid inte mindre än 6 tillfällen. Stämningen steg och fler och fler vågade sjunga.

Maria Cat från Sätra katthem var också uppe flera gånger och ville även sjunga 'I natt är jag din' med hennes ex Steve Emfors, och det gjorde hon med den äran. Carola Kilt hade egentligen velat sjunga men kom sig inte för då ingen tjatade tillräckligt på henne av vördnad för den duktiga körledaren. Steve var väldigt sugen på att tjata lite extra på henne men insåg att det var en högoddsare att försöka så därför lät han bli.

Man sjöng och drack under närmare två timmar och efteråt var alla som Steve pratade med överens om att man måste göra om det här så snart som möjligt och att man då skulle ta med sig sina vänner och fylla upp lokalen. Gun the Gun skulle då självfallet vara med och förhoppningsvis också Anel Ave och Goran Ullfager från El Tomasokören samt också Bernadette Devlin från den franskspråkiga delen av IRA- kören från Belfast.

UPPDRAGET –ÄNNU EN GENOMGÅNG

ROT-LEIF SATT BEKVÄMT tillbakalutad i den egenbyggda bastun i Hemlingby tillsammans med gode vännen och advokaten Steve Emfors. Innan man gått in i bastun, som var en del av Rot-Child ett – en hyllning till Rot-Leifs åtta barn – hade man traditionsenligt doppat sig i en tunna med is och tall -och granbarr för att njuta lite extra av bastandet. Rot-Leif hade lärt sig av Rod Stewart att det här var ett bra sätt att hålla sig i trim och försöka vara kvar i jordelivet så länge som möjligt. Rot-Leif smuttade på en smoothie gjord på färska rödbetor och lime. Steve hade erbjudits en likadan men han passade. Den var lite för nyttig för honom. Han föredrog något med singel-malt från Skottland eller whisky från Mackmyra.

”Jag vill ju, som du vet, att du ska försöka skriva ett slags 'standardverk' om svenskt körliv”, började Rot-Leif. ”Ett verk där du försöker beskriva vad som händer bakom kulisserna i en kör. Både ta upp vilka som sjunger och varför de sjunger och deras beteende i olika sammanhang där man kan tycka olika som hur lojal man ska vara mot sin kör. Om man ska vara med i en generationskör eller inte eller hålla sig för god för att sjunga i en sådan kör. När du sedan penetrerat vad som gäller i en kyrkokör ska du alltså gå över och se hur ett 'dreamteam' inom kyrkans ramar kan se ut. Vilka som är med. Laguppställning, sångrepertoar etc. När vi så har ett 'dreamteam' så ska vi förhoppningsvis få till körer med så hög verkningsgrad som möjligt i den vanliga kyrkokören. En kör som kanske fungerar trots att man bara är en dubbelkvartett men helst bör vara en fyr- eller femkvartett. Vi ska även försöka få bort dökött inom kören och ha så många som möjligt som kan sjunga och helst är solister men i vart fall är stödsångare. Glöm inte att även solister behöver stöd. Nog hade du och jag mycket nytta av varandra när vi sjöng ihop i Streambridgekören även om det var jag som var den mest lysande stjärnan", konstaterade Rot-Leif utan tillstymmelse till självironi. "Som du vet är jag god för minst 100 miljoner och dessa pengar har jag tjänat genom att sälja tysk kvalitetskorv men mest har jag tjänat på mina 'grottekvarnar' det vill säga 'hyttor' under mark. Grop ett och två har gått bäst men även Grop tre och fyra har varit framgångsrika. Alla mina bostäder kostar omöblerat från 500 000 kronor och uppåt och min vinst är minst 250 000 kronor på varje gryt."

"Kom till saken nu skrytlort och snacka inte så mycket siffror", sa Steve otåligt.

"Okej! Okej! Jag ska ge dig en 'Hytte' full med möbler och kanske även bastu under Mary–kyrkan så att du även kan ta dit utvalda från kören när de vill vila upp sig lite. Det kommer att bli mycket mer bekvämt och diskret än 'kuddrummet' där du nu måste husera. Det med hytte har jag också lovat dig tidigare och jag kommer att hålla det löftet om du nu försöker få lite struktur i ditt berättande och en gång för alla börjar ta ut ett 'Dreamteam'. Börja med säkra sångare som Goran Ullfager och Marky-sinnan i basen. Fortsätt med dig själv i tenoren och ta med Börje Bil. Ture Ton får gå med i 'farmarla-get' och Anela Mat likaså. Som du vet har hon ju lite problem med sina lungor varför hon inte kan sjunga ut ordentligt, så hon platsar inte i 'Dream Team 1' men blir nog så viktig i 'Dreamteam två'. Jag vet att du inte tycker om Forskaren i sopranen men det gör jag. Hon har integritet och drar sig inte för att ge dig en match."

"Göta Petter! Jag är lyckligt gift och behöver inte sådant 'grytsällskap' som du pratade om, men dä-remot så kan jag ju hyra ut per timma till vaktmäs-tare och andra som är intresserade. Enligt 'MeToo' rörelsen verkar det ju vara ett rejält stort gäng från kyrkan som behöver en tillflyktsort. Tafsandet har ju tydligen skett på löpande band. Jag däremot behöver en skrivarlya där jag i lugn och ro och till god musik, kan skapa detta 'verk' som kanske kan bli en ny 'Utvandrarserie' men för körsångare", sa Steve och var mer än lovligt ironisk.

"Jag tycker att du är på rätt väg och har rätt attityd och du vet att jag beundrar din förmåga att formulera dig. En förmåga jag helt saknar. "

"Vi har en plan, Sickan. Jag ska genast be att få låna din eleganta 'skrivkoja' och en bärbar dator. Jag tänkte börja skriva lite om några körmedlemmar i den tilltänkta kören. Blir det bra?" undrade Steve förväntansfullt.

"Absolut! Kör i gång direkt så kommer jag med valfria smoothies. Ta en badrock där borta på kroken så du inte tappar tid och snubbla inte på Eiram som vanligt har rökt för mycket vattenpipa, spetsad med vallmo." De båda vännerna skiljs åt helt tillfälligt.

GORAN ULLFAGER

GORAN ULLFAGER VAR inte med i Marykö-ren. Han var med i El Tomasokören och hade så varit under ett stort antal år. Han hade förvisso sjungit i Marykören men det var på 90 talet och han hade även varit med till Wien 1990 vilket var något av det fösta han gjorde i kören. Han var en mycket stabil bas som gav stadga åt hela basstämman i El Tomaso tillsammans med Markyssinnan som dock hade så mycket sidoprojekt att han tidvis hade svårt att hinna med El Tomasokören.

Goran hade en oerhört viktig uppgift i att spela in ljudfiler till El Tomasokören så att särskilt de som inte läste noter kunde få en bild av den sång man tränade på och komma i rätt stämning.Goran var inte arvoderad men han brukar erhålla en flaska rökig whisky för sina tjänster vår och höst.

Steve, som kände Goran väl, hade hört med honom om han kunde tänka sig att göra ljudfiler för Marykören som också kunde användas av Home-bridgekören. Det hade Goran inget emot men han hade ändå frågat sin förtjusande och tålmodiga hustru Tiny eller Gordana som var hennes riktiga namn, bördig från Serbien, om hon accepterade att han tog ytterligare tid i anspråk på sin fritid med det här projektet. Gordana tyckte i sin tur att det vore bra om man kunde gå på tatuerarkurs så att

Gordana kunde lära sig 'intimtatuering'. Tidigare hade hon gått en kurs i borttagande av 'generande hårväxt' och det hade fallit väl ut bortsett från att Goran haft ont i en vecka efter att hustrun snyggat till hans 'bikinilinje' inför sommaren. Goran försökte förklara för hustrun att han hellre dog än tog på sig en sån där 'strandraggarblöja' i form av snabbtorkande, minimala badbyxor som behjälpligt täckte det allra heligaste. Han föredrog Bermudashorts, med innerbyxa i fall Oleg började bli ostyrig när han sprang runt på stranden i Sudersand på Fårö. Helst badade han inte överhuvudtaget eftersom han hade svårt att möta alla avundsjuka blickar för sitt sexpack från naveln och upp till bröstkammen.

Goran hade också frågat Steve om han inte hade lust att skriva dryckesvisor tillsammans med Goran. Märkligt nog hade Steve tackat ja till det erbjudandet och hade börjat skriva i slutet av januari. Det ledde i sin tur till att det lilla häftet med 100 visor var klart den 25 augusti.

En av de första visorna som Steve testade på Goran var 'Vampyrvisan' på en gammal shillingtryckmelodi.

FÖRSTOPPNING
Mel: I en sal på lasarettet

Han led kval på lasarettet
Svår förstoppning var hans lott
Kunde ej bli av med "tarvet"
Hårt han kämpa men gav upp

Gossen fråga
Kan min mage
Äntligt bli av
Med sin "last"
Kan ett kraftigt lavemang få
Det jag bär
att lämna plats

Läkarn kände på prostatan
Om det dags för avgång var
Var rätt nedstämd
När han nödgas
Leverera detta svar
(Läkarens svar)
Jag vill inte vara elak
Jag vill bara stå vid ord
Men problemet
Som jag ser det
Är att du druckit för mycket blod

Pojken titta lite skamset
På sin klocka han var yr
Det var rätt som doktorn svara
För denna pojke var Vampyr

Gossen grät när han förklara
Han var inte en vampyr
Det var hans far som
Frimurarherre
Bjöd på blod
Från stucken gris
Skål!

Det dröjde inte länge innan Goran Ullfager repli-
kerade med 'Snor'. Man inspirerade varandra på ett
väldigt fint sätt och utbytet gjorde det också lättare
för Goran att få den där rätta filkänslan när han
skapade sina 'musikfiler.'

SNOR
Mel: Min soldat

Min snoriga hustru
Börja ropa på Tor
Sovit så dåligt
Kompenseras med amour

Fast Tor var så sliten
Fanns det ingen pardon

Bara börja jobba

Refräng:
I takt han måste gå
Och hans kulor
Hoppar runt också.
När hon fått sig sin fontän
Så kastas han
Vårdslöst hän

När fontänen var över
Blev det lugnt i en kvart
Sen skulle det repeteras
Hon pilsk som hela kattegatt
Men det gör det samma för hon
tvättar min kalsong
Någon gång om året
Skål!

Eftersom Goran hade svarat på Steves nya bidrag så måste Steve i sin tur komma med något ofullbordat och den här gången blev det 'Mellangård' som fick bli bidrag. I grunden hade ju vare sig Steve eller Goran särskilt mycket tid att skriva på. Det handlade om att stjäla tio minuter här och tio minuter där.

MELLANGÅRD
Mel: Barnatro

Har du kvar din Mellangård
Där jag ställde upp min Ford
Är din vårtgård lika
Solbränd som förut
Minns du flänsosten vi åt
Den som gjorde dig så kåt
Och sen drack vi
Det vi bränt
För länge sen

Refräng:
Mellangård
Rostig Ford
Till kyrkan vi for
Och träffa Lord
Mellangård
Örtagård
Med vår Ford
Vi åker slutligt till
Mellangård
Skål!

Steve och Goran beslutade sig för att avsluta dagens övningar och koncentrera sig på att åka till Hillary kören och göra sitt bästa med Ola Sträng som körledare. De visade sig att Sträng sjungit opera hur länge som helst och medverkat i närmare 100 olika operor. Det var från klassiska Cosi van Tutte och Trollflöjten av Mozart till en massa modern opera som Ola i grunden inte alls tyckte om. De sista åren hade det dock kommit fram lite moderna operor som inte var helt omöjliga att framföra.

Körövningen förflöt bra och Ola gjorde en riktig djupdykning i två olika verk så mer blev det inte den här gången.

Alten Asta Al och Maggan Präst hade båda läst föregångaren till 'Körliv' och var besvikna över att de inte var med där. Nu skulle det blir ordning om de vardera beställde minst fem böcker vilket de inte verkade så intresserade av.

Basarna var få denna dag men ansträngde sig för att låta bra. Sopranerna ansträngde sig men var lite klena just denna dag. Steve fick klara sig själv eftersom Enrige var sjuk. Vid 21. 15 tiden var Steve hemma och kunde slå sig ner framför tv:n och se ytterligare ett avsnitt av den turkiska såpan som aldrig tog slut.

ETT KÖRPORTRÄTT - MARIA CAT

MARIA CAT FRÅN Sätra katthem hade sjungit i kör sedan tidernas begynnelse. Hon hade träffat berättaren Steve redan 1984. På den tiden var han ung och kraftfull med tydlig sexpack kring naveln, och hade ingen tendens till midja och mage á la '100 kilos klubben'. Själv var hon då mycket smärt och påminde en hel del om Lill Babs i sin glans dagar. Hon hade midja som en geting och var uttråkad av sin man, men inte av sina två barn. Nu var det annorlunda. Nu levde hon ensam sedan ett antal år men kände sig sällan ensam på grund av sina katter Rumbo och Rimbo och hon umgicks mycket med barn och barnbarn.

Allt som oftast upplät hon också sin bostad till andra katter som Doris och Maja med flera. Maria kunde läsa noter och dessutom spela piano till noter. Hon var därmed relativt ovanlig i kören. De flesta läste inte noter Maria Cat läste inte kvällstidningar men tittade gärna på 'mellot' om hon hade sitt yngsta barnbarn till hands.

Maria Cat hade i grunden bra volym men hon var lite försiktig av sig som så många andra altar och tog inte i så mycket som hon skulle kunna göra. Rent volymmässigt så låg hon mellan sex-sju och vad gällde notförståelse så låg hon på en tydlig nia. Det hände ganska ofta att hon kände att hon ville sluta i kören eftersom hon passerat sjuttio. Många var dock de som tjatade på henne och ville att hon skulle vara kvar. Erfarenhet var viktigt och det hade Maria Cat.

S TEVE KOM PRECIS på att han skulle ha
en lagom blandning av körsångare som kun-
de traktera ett instrument behjälpligt och de som
'bara' sjöng.

"Hur går det? Kommer du någonstans?" undrade
Rot-Leif som gick omkring med ännu en rödbets-
smothie spetsad med Tabasco i sitt stora gryt i
Homebridge.

"Jo, det ramlar och går", svarade Steve och cite-
rade en kollega vid namn Sture Skog, som var från
Västergötland.

"Glöm inte att skriva om olika typer av körsånga-
re och om olika typer av körledare."

"Nej, jag lovar att göra det om du ger mig en
lagrad belgisk klosteröl", sa Steve som nu fått upp
ångan. "Olika typer? Ja, varför inte försöka förtyd-
liga den biten så att det blev lättare att beskriva de
olika sångarna."

Maria Cat var direktkvalificerad till alten i 'The
Dreamteam', hur som helst, och det var också Gun
the Gun. Båda kunde både sjunga starkt och svagt.
Båda kunde läsa noter och Gun the Gun kunde
normalt sett spela gitarr om det inte varit för den
förfärliga armen som hon brutit och som gjorde att
hon ständigt gick på starka värktabletter. Inte alls
någon kul tillvaro.

"En sak som jag kan glädja med", sa Steve märkbart stolt, är att jag fått en mycket bra alt till 'Dream team' vid namn Maja Gräddnos med kattliknande framtoning. Hon kanske inte är kvalificerad för Team ett men absolut för team två. Dessutom kan hon spela alt- blockflöjt med den äran och läser alltså noter. Hon kan således vara med i 'Not teamet'. Hon tillhör fromfolket som så många andra och arbetar inom kyrkan som komminister och hon var även kraftig vänstervriden på 70-talet och älskar proggklassiker som 'Vi äro tusenden' från tältprojektet."

"Vem älskar inte den låten" sköt Rot-Leif in. Det är ju även en av Goran Ullfagers favoritlåtar.

"Förvisso är det så. Det som just nu är ett problem är att Maja Gräddnos bara kommer upp i tonstyrka sex och hon borde i vart fall vara en klar sjua om hon ska platsa men å andra sidan så har jag anmält henne till Volymkursen 'Lugna din Lunga' i Wonderbay i slutet på april så det kommer nog att ordna sig", sa Steve och hans panna fick i anslutning därtill sina typiska tre rynkor.

"Hoppas att den kursen ska göra susen. Då ska ju även Anela Mat vara med för att försöka öka sin kapacitet genom en kombination av andningsövningar och kyrkrodd. Kyrkrodden har ju positiv effekt när det gäller att dra i magstödet ända från kakintaget och uppåt", sa Rot-Leif och rodnade lite över sin något vulgära vokabulär.

" En annan sak som är positiv med Maja är att hon sjungit i samma kör som mig i slutet på 80-talet och början på 90-talet och då visade hon även framfötterna. Hennes volym låg då på mellan sju komma fem till åtta på den notoriska Richterskalan."

"Okej, då vet jag. Nu måste jag gå och meditera. Thomas Di Leva var här i går och han förklarade för mig hur viktigt det är att dricka grönt te och meditera."

De båda vännerna skiljs åt.

HEMMA HOS STEVE

STEVE KÄNDE SIG väldigt privilegierad. Han hade en snäll fru och ännu snällare barn. Å andra sidan så var lilltjejen Nat på fyra år en dam med mycket bestämda åsikter. Hon var sprängfylld med hormoner och det gjorde storasyster spritt språngande galen ett antal gånger per dag och särskilt på helgerna. Då var man ofta på utflykt med pappa Steve. Mamma var hemma och städade och pluggade och ringde alla sina kamrater. Hon hade inte många som hon bjöd hem men desto fler telefonkontakter. Det passade henne. Steve kunde tycka att det var tråkigt att hon inte ville göra något med familjen om det inte gällde att åka och bo på hotell. Efterfrågan på hotell hade varit svag sista tiden och det tyckte Steve var väldigt skönt. Då kunde han sjunga mer och få sova i sin egen säng. Det var det bästa av allt. Hotellsängar var ofta för mjuka och det var för varmt i rummet.

Ett veckoprogram för Steve innebar normalt sett minst fem utflykter. Under helgen som var hade man varit till leklandet Delfinen, kyrkan och även till Sätra katthem där man hade två trevliga katter. Det var hos Maria Cat som förestod katthemmet. Där fick man ofta kaffe, mjölk och mariekex. På lördagen hade Steve varit med Nat på Erikshjälpen och som vanligt kom man därifrån med tre-fyra dockor eller gosedjur.

Under söndagen skulle man träffa Nats bästis Nell på Leklandet men Steve hade missuppfattat besked från Nels pappa så det var bara att åka till Leklandet en gång till under måndagen. Under tisdagen var det utflyktsdag för stora flickan Nicci och hon hade beställt ett skal på Audio Video. Nicci var mycket spänd på denna leverans. Tyvärr så var inte skalet ordentligt lila som hon hoppats på så det blev en besvikelse.

Så där höll det på vecka efter vecka. Nu var det dags igen att bege sig hemåt för att hämta Nicci och sedan kanske göra något med Nat innan det var dags för Steve att sjunga.

TYPSNITT PÅ EN KÖR

STEVE INSÅG FÖRSTÅS att det fanns en rad olika egenskaper i en kör men frågan var bara vad och hur han skulle kunna berätta om det på ett lättbegripligt sätt. En 'typ' var förstås mistlurarna. De som ville höras alldeles för mycket och älskade sin egen röst men denna röst älskades sällan av andra. I bästa fall sjöng 'Mistlurarna' rätt. Steve insåg att han från och till kunde vara en sådan mistlur men han sjöng i alla fall rätt för det mesta men ibland för starkt. Bland mistlurarna fanns ofta de bästa sångarna i varje stämma, men det fanns också de som sjung starkt och fel och som hela tiden störde sin omgivning. Tyvärr verkade det som om ursprung hade en viss betydelse i det avseendet. Två av de allra värsta mistlurarna som Steve stött på hade utomeuropeisk bakgrund. Det kunde ju också vara rena slumpen och det var nog mest troligt. Inte hade Helga från Hannover några som helst problem att sjunga 'nordiskt' och inte heller fröken Kia Krakow eller Petra Bud från Vitryssland. Båda dessa damer ville Steve ha med i Sopranen och tillsammans med Kyngva Kjol och Forskaren så hade han nu en full kvartett men frågan var ju om samtliga fyra skulle sjunga i Team ett. Kia Krakow kanske skulle passa bättre i team två eftersom hon var relativt röstsvag men kunde lyfta sig decibelmässigt om hon sjöng med någon annan och gärna någon med utländsk bakgrund. Tänk att Steve hade kommit på alldeles själv att ursprung kunde ha en positiv betydelse och att en körsångare kunde känna trygghet i att den andre också var "multi kulti" sångare, vilket fick stå för utländsk bakgrund i största allmänhet.

Det här med att sjunga starkt men fel hade sina sidor. Det kunde dels få sånggrannen att själv sjunga fel eller också sjunga ännu högre så att det blev forte och forte fortissimo oavsett om vad det stod om röststyrka i noterna. Mistlurarna fanns framförallt hos sopranerna – konstaterade Steve – men även hos tenorerna. Ture Ton som Steve senare skulle skriva om, hade en fantastisk stämma med tanke på att han passerat sjuttiofem men han kunde också bli lite självvådligt och dra i väg åt alldeles fel håll men hoppas på tur att det skulle vara rätt. Bland sopranerna hade det funnits en dam som sjöng oerhört fel och bl a störde Kyngva Kjol när hon sjöng rätt men nu hade "trygghetsrådet" med Börje Boll i spetsen lyft ut henne med Fader Svens välsignelse och Börje Boll hade även tagit nattvarden efteråt för att minska ångesten över att ha flyttat över en körmedlem till 'övnings och tillväxtkören' som var det nya arbetsnamnet för de som absolut inte skulle tas bort från gemenskapen men bli körlivets "Samhall"

Bland altarna fanns det alltid de som gömde sig

och inte sjöng alls eller mycket svagt. Där gömde sig flest mutanter. Det fanns mutanter även bland sopranerna men där var de mer ovanliga. Steve tyckte själv att dessa Mutanter" var ganska onödiga i kören men alla körledarnas mentor – Rakel Koj – ansåg att de behövdes. Inte minst av sociala skäl och för att de som stod bredvid mutanterna skulle känna sig duktiga vilket skapade en hävstångseffekt. Man tog sig själv i kragen och försökte verkligen sjunga rätt.

YGGVERT OCH GORAN

YGGVERT OCH GORAN hade ägnat dagen åt att delta i utgrävningar kring den plats där Yggvert och Goran den Yngre hade hittat den musikaliska skatten som låg till grund för den alltmer populära dryckesboken: "Från sänghalm till psalmsång."
Det man börjat misstänka efter att ha haft en nothund igång under ett par dagar var att det fanns ytterligare en kista med musikaliskt material som skulle kunna behandlas med god 'Feel god' teknik så att visorna blev så lättsamma som möjligt och inte leda till att hundar kräktes som skett när sånggruppen Sopranos sjöng i Torsåker 2017, som förband till Thomas Di Leva.

Både Yggvert och Goran var väldigt förväntansfulla inför vad som skulle kunna hända om denna musikaliska skatt påträffades. I väntan på resultat så hyrde man en sjötaxi och åkte ut till Stora Karlsö för att inspireras av vårblommorna som slagit ut för fullt på ön. Åsynen av vårblommor skulle mycket väl kunna leda till att de två vännerna kunde skriva ännu fler texter på melodierna 'Blåsippan ute i backarna står' samt 'Sov du lilla videung'. I väntan på inspiration fick följande rader vara ett surrogat:

ATT FLÖJTA
Mel:Solola

En gute flöjtar skönt
Strax bakom sängen
Han har ett nattkärl
Med det läcker svårt
Han försöker laga det
Med blomster fråm ängen
Men fingrar fastnar
Och han blir så våt

Refräng:
När gutar kissar bakom egna sängen
Finns alltid risk att kärlet
Ej är tätt
Och om man blomster
Har från ängen
Så kan det våta plötsligt
Vara väck (som en avec)
Skål!

NU ÄR DET dags för lite lunch", sa Rot-Leif som hade varit ute och plockat höstkantareller som han stekt i smör och sedan lagt på en skiva rågbröd. Till det serverade han rent källvatten med en skiva citron. Steve lät sig väl smaka. Ett break satt inte fel för Steve som sovit dåligt natten innan men kände sig ovanligt inspirerad. Han kände att han nu ganska snabbt skulle kunna sätta ihop både ett A och ett B lag. I vart fall med kör innehållande minst tjugo personer och då krävdes fem i varje stämma. För sig själv gjorde han en liten snabbkoll. Basar: Här toppade man med Goran Ullfager samt Markysinnan och även fiolspelaren Gerald Gäll, hans hustru Kina Gäll var självskriven i Sopranen. Samtliga från El Tomasokören. Vidare Börje Boule och Börje Barsk från Marykören liksom Börje Bok och Börje Båt. Basen skulle bli stark. Det var ingen tvekan om det.

I tenoren hade man Leif Lång och Claes Kol från El Tomasokören samt Steve själv och Börje Bil. Rot-Leif skulle även kunna hoppa in vid behov. Från Hillary & Berg kören föreslogs Jan M och Jan N. Då hade man i alla fall ett team klart.

I alten så toppade man alltså med Mary Cat, Gun the Gun, Rikki Kikki Tavi och Beata Clar samt Maggie the voice. Vidare Li(s)za Luzt och Liza Last samt inte att förglömma Eiram Al.

Alten såg också bra ut och nu kvarstod alltså sopranen där man hade med Forskaren, Anna O, Kia Krakow och Petra Bud och vidare Kyngva Kjol samt Apotea Al och Kina Gäll och slutligen Sara Stream.

Nu saknades två mutanter, en i alten och en i sopranen och där kunde väl 'Bolla och Rulla' platsa? Det börjar ta sig sa mordbrännaren, tänkte Steve tyst för sig själv.

Nu när Steve hade ett lag, han visste att det var en början men att stora förändringar kunde komma, så handlade det om att formatera laget och välja repertoar och börja öva. Med lite tur så skulle man få ihop ett team till Gökottan vid Nyöstertorpet i Mary församling. Nu gällde det bara att övertyga den onödigt snälla Carola Kilt att bara låta 'Dream-team Try' få chansen och inte låta mistlurar och de andra att vara med.

LI(S)ZA LUZT

LI(S)ZA LUZT VAR inte bara en väldigt elegant och vacker kvinna. Hon var även ständigt aktiv. Så aktiv i livet att hon inte hann med så mycket uppvaktning. Visst kunde hon uppskatta en middag med en äldre gentleman då och då men skönast var att vara själv och titta på någon av alla de bra serier som gick på Netflix eller Viaplay. Det gjorde hon gärna och ofta och då tillsammans med ett varmt fotbad med mycket salt. Li(s)za var väldigt trakterad av fotbad och kunde inte få för mycket av den varan. Hon hade satsat på ett eget, ganska exklusivt, bad som hon köpt i en inredningsbutik på Öland för närmare 1 000 kronor. Det fanns tre olika hastigheter på vattnet och hade man på högsta nivån så blev det ett bubbelbad. Att bubbelbad var en så viktig del av hennes liv berodde på att hon älskade att åka skidor och då gärna vid sitt fritidshus helt nära Grävlingsjön. Hon tyckte också om att gå och att dansa. Att dansa var nog det som Li(s)za tyckte gav allra mest. Det spelade ingen roll om det var foxtrot eller gammeldans. Hon kunde även genomföra en tango utan att bli uttittad på grund av snedsteg. Till det kom alla hennes middagar med olika kulturpersonligheter av rang. Det kunde gärna vara människor inom kyrkan men även advokater och tandläkare fanns med på hennes sociala palett. Just i kväll skulle hon se en film med Rolf Lassgård. Det var hennes favoritskådespelare. Hon skulle även försöka att läsa ett par kapitel ur 'Mitt liv som körsångare' av Steve Emfors. En mycket speciell bok om livet som körsångare. Eftersom Li(s)za själv sjöng så kändes det motiverat att läsa just om körliv. Innan hon la sig för att sova prick 22. 30 skulle hon även hinna med att springa tre kilometer på sitt löpband. Det höll hennes vader vältränade men inte för muskulösa. Var det något hon inte ville traska omkring med så var det överdrivet kraftfulla vader. Några principer måste man ha tänkte Li(s)za Luzt, djupt försjunken i 'Mitt liv som körsångare'.

MÖTE PÅ BEACH BAR

RÄTTELIGE SÅ VAR det fader Sven som skulle ha det delikata nöjet att äta lunch med Li(s)za Luzt, en synnerligen attraktiv kvinna nyss fyllda femtiofem, men då Sven hade fullt upp med att förbereda ett antal konfirmander på att resa till Irland och dessutom fundera på vad han inte skulle säga vid en retreatrunda i Bois de Bologne, så föll uppgiften på Steve Emfors. Steve hade i grunden inte alls något emot att träffa Liza på egen hand. Han visste att hon hade rykte om sig att kunna förrycka synen på vilken gift eller ogift karl som helst och att hon använde en förförisk eau de toilette vid namn 'temptation'. Han visste också att han själv blivit alltmer lättberörd ju äldre han blev. Nu var det bara att gilla läget men hålla på sig så gott hand kunde trots att han själv knappast var mindre attraktiv än Li(s)za Luzt, enligt vissa mindre vetande. Steve såg genom de stora panoramafönstren att Li(s)za Luzt var på plats. Han försökte att göra en snygg entré med sina nyinköpta loafers av bättre märke men i själva verket blev det ett snubbelsteg i stället och det var inget som Steve uppskattade. Li(s)za Luzt låtsades som om det inte hade någon betydelse men det hade det. Hon var en kulturperson som tänkte mycket på estetik och det gällde även hur man förde sig och hur snabbt man gick

147

etc. Steves entré hade påverkat henne menligt. Själv gick hon i högklackat dagen till ära men hade inte snubblat en enda gång. "Less is more", sa hon för sig själv i väntan på Steves och hennes konfrontation. Det var den devis som var viktigast i hennes liv.

"Välkommen, Steve! Kul att se dig. Du verkar solbränd. Har du varit utomlands?" frågade Li(s)za Luzt med frejdig stämma alltmedan hon stoppade i sig lite saltgurka.

"Tack, Liza! Jo, jag har gjort en sväng till bl a Sorrento och Capri i Italien, med två av mina bästa kulturvänner. Som du kanske vet så ömmar jag mycket för kultur och särskilt rondellkultur. Jag är väldigt förtjust både i rondellhundar och upp och nervända bilar som står och rostar vid infarten från Beach Bay till Gevalia City center."

"Verkligen! Själv har jag en svår päls- och pollenallergi så till och med rondellhundar kan få mig att må dåligt", sa Liza med en ironi som Steve inte förstod.

"Usch då! Vad jobbigt. Men till saken", sa Steve och började ta små tuggor av fisken från matbuffén. Fader Sven bad mig kolla om du fått till stånd något frågeschema med 20 frågor.

"Frågor som gör att man kan se vad de som söker sig till kören har för preferenser", sa Steve och försökte ta tillbaks lite av den inbillade pondus som han trodde sig ha tappat när han snubblade.

148

"Tack för att du tar upp det. Som du vet så ingår jag i ett First Quality Christian Coach-team. Vi är just nu totalt åtta stycken och av dem är det tre som sjunger i kör så jag dryftade frågan med dem och talade om hur viktigt bland annat du tycker det är att man kryddar den körmässiga anrättningen med ett antal parametrar som kan tänkas påverka körklangen och särskilt den kvinnliga körklangen."

"Okej! Spännande! Vad kom ni fram till?"

"Jo, att man ska börja med att fråga om man läser Aftonbladet eller Expressen för att få en vink om politisk färg".

"Tror du att det påverkar?" undrade Steve klentroget. Han hade alltid varit lite av en Tomas Tvivlaren.

"Ja, visst påverkar det. Det är ju bara att titta på hur miljöpartister och vänsteraktivister ofta går upp i falsett när de pratar och det visar ju på att de är sopraner eller tenorer", sa Li(s)za Luzt och såg mycket allvarlig ut.

"Okej. Fortsätt."

"Två bitar som man verkligen bör ha med är ju om man har mjölk/socker till kaffet eller om man rent utav dricker te. När jag gjort mina inledande – något sekreta – studier så har jag ju upptäckt att många körsångare och särskilt altar, ofta dricker te istället för kaffe."

"Menar du det", sa Steve och såg deltagande ut.

"Javisst är det så, och sedan måste man ju kolla

om man har körkort eller inte och vilken bil man kör och hur många hästkrafter den har."

"Hur tänker du nu?" sa Steve och såg verkligen brydd ut.

"Jag menar helt enkelt att den som har körkort och dessutom bil med stark motor ofta har en förmåga att sjunga starkare och mer sällan är 'mutant/mute-ant'. En BMW eller Mercedesförare vet sin plats i hackordningen i bilsamhället och vågar sjunga ut oavsett om man sjunger eller inte."

"Mycket bra och mer," sa Steve som började bli otålig.

"Ja, sedan måste man självfallet kolla hur det är med gröna fingrar. Är man ägare till minst två pallkragar och har växthus så är ju sannolikheten för att man även kan läsa noter god. Är man van att läsa på små tunna fröpåsar med morötter så är steget inte så långt till att klara av att placera alfabetet på diverse tallinjer."

"Ligger mycket i det. Mycket i det", sa Steve som var märkbart imponerad.

"Kan du ta två parametrar till så tycker jag vi gjort ett strålande dagsverke."

"Okej, då tar jag något väldigt aktuellt nämligen religionstillhörighet och traditionell cykel eller batteristyrd moped. Och kommer då fram till att katoliker ofta sjunger bättre än protestanter så därför ska vi måna om våra polska vänner liksom om dem från Ungern och även Tanzania."

"Okej, och det där med batteri eller inte? Kan du utveckla det? "

"Det är inte svårare än att de som har elmoppar är lata, bekväma och inte vill bli svettiga. Är lite pryda och orkar ofta inte lära sig noter medan de som har oväxlade cyklar har väldigt god förmåga att läsa noter och vågar dra i magstödet och få en bättre klang. Här i länet ligger vi faktiskt på åttio procent notkunnighet för dem som har högst tre växlar på sin cykel samt osmord kedja."

"Otroligt!" sa Steve. "Som du har jobbat. Skulle inte förvåna mig om Rot-Leif erbjuder dig ett Gryt ett eller rent av Gryt två om du fortsätter så här."

"Tack för de orden. Nu ska jag hem till mitt lilla 'gryt' på hundratjugo kvadratmeter och öva på vals och foxtrot inför kvällens danstävling på 'South Stream'."

"Lycka till med allt och än en gång. Bra jobbat. Skriv ett PM så ska jag ta upp det här med Rot-Leif ganska omgående."

De skiljs åt och Steve lyckas snubbla ännu en gång innan det är dags att åka till Systembolaget och köpa lite stärkande droppar.

Li(s)za Luzt tar en extra kopp kaffe och språkar lite med den trevlige armenier som driver stället. Hon får något lystet i blicken. Det här är något helt annat än den fumlige Steve. Vilket kroppsspråk, tänker hon när hon läppjar på sitt kaffe och stretchar lite med fötterna under bordet.

151

GORAN OCH YGGVERT

DET VAR BARA att konstatera att kvällens övning inte kunde bli lika bra som de tre föregående. Goran var på resa till Göteborg med sin hustru och korrekturläsare Tiny Ullfager. Det innebar i sin tid att Yggvert Yxa nu måste ta sig till Hillarykören utan sällskap av Goran. I bästa fall var Enrike där. Den unga skönsjungade tenoren men säker kunde Steve inte vara. Det var trist men samtidigt kunde Steve se fram emot att ännu en gång få göra något med barnen innan körövningen. Innan dess skulle han hämta sin cykel som han lämnat in på grund av punktering.

UTVALDA

STEVE HADE FORTSATT problem med sitt skrivande och som alltid problem med sitt liv. Det var tungt att springa omkring i det ständigt skenande livshjulet. Han hade så mycket som var bra. Han hade en fru som behjälpligt tyckte om honom. I vart fall när han gav henne blommor och en flaska mousserat vin. Han hade små barn som avgudade honom och som var en ständig källa till en närmast osannolik kraft och energi. Han hade ett överdrivet ego som skulle hjälpa honom att vara terapeut åt andra, år efter år, men han var inte ekonomiskt oberoende som Rot-Leif. Och han hade alldeles för få 'filosofiska kamrater' även om Li(s) za Luzt med expressfart kanske var på väg att bli en sådan kamrat? I vart fall var det en möjlighet. Steve såg många möjligheter men det var få saker som förverkligades. Ungefär som när man överklagar till Högsta domstolen och det var en procent chans att målet togs upp. Rot-Leif hade en förmögenhet som skulle räcka i hundra år om han var spendersugen men annars i minst tvåhundra år. Ändå var inte Steve barskrapad. Han och hustrun hade kanske en miljon i övervärde på huset men vad hjälpte det om banken påstod att man innebar en viss risk för dem trots att de aldrig förlorat en krona och varje år fick minst 10 000 kr från hans bolag i olika avgifter och till det en rejäl vinst på all ränta.

Oavsett ekonomiska villkor så hade Steve snarare ett filosofiskt övertag gentemot sin uppdragsgivare och vän. Rot-Leif ville ofta fråga Steve om olika livsval. Rolle hade åtta barn med olika kvinnor längs Norrlandskusten. Han hade medvetet, via dejtingsidor, sökt sig till fertila kvinnor i Gevalia, Söderhamn, Iggesund och Sundsvall. Genom sina osannolikt givande kontakter kunde Rot-Leif kolla upp personer som han var intresserad av och se till att de i smyg tvingades ge ifrån sig DNA som sedan låg till grund för en bedömning av kvinnornas fertilitet. Steve var väl medveten om att Rot-Leif hade ekonomi att göra nästan vad som helst men han hade ingen själsfrid. Han var ofta osäker på om han gjorde rätt och han var ekonomisk och tyckte exempelvis att han betalt för mycket för att få sjunga solo i El Tomaso kören efter att han mutat 'Maja Dahl'. Rot-Leif var inte ens säker på att han var en bra sångare. Visst var han helt okej men, hemska tanke, tänk om han var 'stödsångare' och inte solist? Då skulle Rot-Leifs hela musikaliska karriär falla. Å andra sidan var det mest hans överjag som tänkte på det sättet. Steve kunde konstatera att han var betydligt tryggare i vad han kunde och inte kunde än Rot-Leif. Steve var lik Christoffer Robin i Nalle Puh men Rot-Leif var mer någonstans emellan Grisen Nasse och Åsnan Ior.

Ett av Rot-Leifs problem var att Rot-Leif var kär

i en Åsa som jobbade på pappersmassefabriken i Vallvik som traversförare och nu ville han rådfråga Steve hur han skulle göra med henne.

"Tycker du jag ska göra ett försök att få till det med henne. Hur mycket ska jag satsa tycker du? " undrade Rot-Leif oroligt och var väl medveten om att Steves svar kanske inte var det han ville ha.

"Jag tycker du ska lägga bort plånboken för en stund. De flesta kvinnor som inte säljer sig själva via ryska dejtingsidor eller på annat sätt, är inte särskilt intresserade av dina pengar. De behöver ingen rysk kaviar. De behöver inte omge sig med dina kända kamrater som du själv omger dig med. Särskilt inte om de jobbar på fabriken i Vallvik och bor i Ljusne och handlar på ICA. Du har levt högt på din förmögenhet och din förmåga att köpa allt mellan himmel och jord men det gör dig också svag. Du orkar inte lyssna på människor med stor integritet. Du vill alltid ha rätt och avslutar ofta dina meningar med "så är det" och därmed är diskussionen klar. Du skulle exempelvis aldrig lyssna på kloka råd från Li(s)za Luzt eller Gun The Gun. Du orkar inte lyssna på sångare som inte vill mutas. Du vill bygga upp en riktigt bra kör. Visst. Gör det men inbilla dig inte att pengar är enda lösningen och om ens en del av lösningen."

"Vad anser du är lösningen?" frågade Rot-Leif och skämdes för att han inte hade svaret självt.

"Lösningen är ju förstås människor med sam-

155

ma värdegrund. Det är ju mycket det som förenar människor i kyrkan som har alla hästar hemma i båset. Solidaritet och medmänsklighet och tro på att alla människor är lika värda. I kyrkan skulle man ju förhoppningsvis inte släppa in SD anhängare som liksom deras ledare Jimmy Åkesson kan säga om 'utlänningar' att de inte passar in. Sådana stolligheter hör hemma på politikens gödselstinkande bakgård men inte i kyrkan", sa Steve som märkte att han plötsligt blev en agitator och en talare som han ibland var när asylkommittén hade sina demonstrationer i Gevalia city, till förmån för en humanare migrationspolitik.

"Människor som kan sjunga men inte alltid är solister. Människor som trivs med tillvaron och älskar att sjunga men inte bara en massa 'läxsånger' från en körledare som är kär i sin präst och vill göra denne till lags men inte så mycket för den egna kören. Många körsångare är så oerhört tacksamma för att få vara med i en kör. Vara med i gemenskapen. Äta soppa på onsdagar och sitta vid herdens bord och diskutera kommande storverk. Sådant är bara utanpåverk. Kulisser. Ungefär som Musse Pigg och Långben på julafton som tar ner "solfjärilen" och bakom är en illaluktande soptipp. Körsång i kyrkan är i grunden tämligen medioker. Ungefär som ommald köttfärs med tvivelaktigt bäst före datum. Det är hur lätt som helst att få ihop en kör om det inte finns krav på att det ska låta bra och de som lyssnar är halta och lytta och kyrkofunktionärer som applåderar bara de hör ordet kör. Det visas ju inte minst på så kallade 'generationsmässor' där körledaren plockar ihop en kör som förödmjukar de medverkande för att det låter så illa. Inga krav på förkunskaper. Multi kulti folk som inte kan sjunga och inte kan uttala orden. Hur kul är det om hörapparaten fungerar på i vart fall ett öra." sa Steve. Nu hade han kommit i form, tyckte han själv. Nu föll sig orden väl utifrån vad han ville säga.

"Ja, men vad ska man göra. Vad ska jag göra? "

"Jo, det du ska göra är att sätta någon som du betalar och som har herdens öra, till att sätta ihop en elitistisk kör från när och fjärran. En kör med väldigt lite mutister om ens några men många solister och stödsångare i varje stämma. Kören ska ha betalt för de vet sitt värde. Åtminstone vissa. Visst är en kör stolt om de får sjunga bakom Thomas Di-Leva, Tommy Nilsson eller Carola MEN glöm inte att bakom varje konsert så har du bruttointäkter på 100 000 eller mer. Även om ljud och ljus kostar blir det en ansenlig summa över till artisten och då har man även möjlighet att betala körsångare. Nu ska de bara finnas där och är mer eller mindre livegna. Om de åker på utflykt för att sjunga i exempelvis Stockholm så tvivlar jag på att kyrkan har löst försäkring för dem."

"Du menar alltså att körer är utnyttjade?" undrade Rot-Leif och såg tveksam ut.

157

"Ja, det är klart de är. Alla körsångare som är med i något sammanhang som ger intäkter borde ha en 'trivselersättning' med 500 kronor per termin och dessutom ett klädbidrag på lika mycket. Det är ändå billigt. Vidare borde solisterna i varje stämma ha minst 1 000 kr per termin utöver grundpenningen. Hur skulle en kör klara sig utan solister? Hur låter en kör utan solister när människor med hörapparater gör konstiga utfall och inte tittar på dirigenten OM det nu finns en dirigent", sa Steve och kände att han började bli förbannad å körsångares vägnar och kyrkans oavbrutna förmåga att utnyttja körsångare.

"Ja, här finns mycket att tänka på. Jag måste nog ha ett möte med styrelsen och diskutera det här med Gun The Gun, Li(s)za Luzt med flera."

"Låter klokt. Jag måste åka. Flakmoppen väntar", sa Steve och lämnade 'grytet'.

SAX OCH SÖM-LEVNAD-
Fader Sven har mardrömmar

FADER SVEN VAR en aning irriterad. Han stod ut med nästan vilka arbetstider som helst men inte fredag eftermiddag och kväll. Då borde man vara ledig även som präst. Fader Sven var som folk är mest, trots sin uppenbara fromhet och förmåga att skriva tal, hitta på visor och vara en stor social tillgång. Alla Älskar Yngve Frej och alla älskar farbror Sven. "Han är så jordnära och fin" säger damerna på hemmet där de sitter och knypplar med mönster från 'Hela Hälsingland' med betoning på Järvsö.

Kvällens möte – kyrkan hade en osannolik och osviklig förmåga att hålla möten på kvällen – skulle handla om 'sax och sömlevnad', så stod det i kallelsen men i själva verket skulle Sven som bara var femtiofem fyllda, prata om sex och samlevnad på ålderns höst. Tack och lov slapp han prata om de problem som uppstod i samband med att man fick prostatacancer och prostatabesvär i största allmänhet. Den typen av bekymmer hade ännu inte drabbat honom särskilt hårt även om han hade svårt att bli av med de allra sista dropparna, när han hade snuva, och hade en tendens att behöva gå och slå en 'espadrillo' varannan timma vilket, var ett varsel, så ont som något, om vad som komma skulle.

159

Nu skulle han prata med Läppstina från Horndal och Plit-Sune från Hosjö men även två så kallat mutanter i Mary kören som vägrade utvecklas och bli stödsångare. Moderator var den barska och bestämda Gun the Gun. Fader Sven hade lite svårt för Gun the Gun för att hon var så stark. Det kändes som om hon såg ner på fader Sven. Trots hans stora popularitet och goda rykte som klok coach på många plan. Han var också en god arbetsledare och den som kunde ta tag i vaktmästare Loui när han gick för långt i sina intima kontakter med personalen i allmänhet och dem i köket i synnerhet. Till råga på eländet kom Louie från Polen och var i grunden katolik som med mycket uppnäsa var med i den 'lutherska' liturgin.

"Ska vi köra igång", undrade Sven försiktigt och vände sig till Gun the Gun.

"Självklart ska vi det och jag har kollat så att alla betalt för den här utbildningen på tre lektionstillfällen."

"Bra, bra", sa Fader Sven faderligt och fortsatte: "Jag ska börja med en liten introduktion. Som ni kanske vet så har svenska kyrkan startat ett projekt med EU -pengar, som man fått via Länsstyrelsen. Där ska man försöka ta reda på vad körsångare har för ambitioner med sin sång. Man vänder sig särskilt till så kallat 'Mute members' eller slarvigt kallat 'mutanter' och även till de som varit 'stödsångare'. De är sådana sångare som har svårt att sjunga ut när de är ensamma i sin stämma men får de stöd av 'solist' så kan de sjunga riktigt hyggligt. Dels vill man veta varför man sjunger i kör och även om det finns en baktanke med sången för att idka 'parbildning'. Det vill säga ett lite finare surrogat till 'dejtingappar'. Jag har personligen pratat med den tillträdande biskopen Eva Ek." Det var en illa dold hemlighet att fader Sven själv trånat efter biskopsstolen men så hade det inte blivit, trots att han skrev barnvisor och kloka böcker om holistiskt religionsutövande inom svenska kyrkan och Eva Ek ansåg inte att svenska kyrkan skulle ägna sig åt olämplig 'kontakverksamhet' och annat snusk som hon uttryckte det.

"Nu tror jag alla förstår vad du vill så kom i gång med frågorna och du behöver ju inte ställa alla känsliga frågor i dag utan kan vänta till liter senare", sa Gun the Gun märkbart irriterad. "Ditt formulär ska ju för övrigt testas i Streambridge kören och jag vet att även El Tomaso – kören är inblandad. Man har till och med kontrakterat Goran Ullfager, övningsfilens fader, så att han kan spela in övningsfiler med frågor upplästa av en person som kan läsa innantill och inte någon av alla med uttalsproblematik som brukar läsa dagens epistel."

"Fino, fino", sa fader Sven och lät som en upperclass från SOS sällskapsresan. "Då kör jag i gång och ordet är fritt."

"Kan någon upplysa om hur länge man normalt

161

sett bör vara sexuellt aktiv och även kunna förvänta sig att körsångaren är aktiv och kan vara öppen för 'skamliga' förslag utan att för den sakens skull dra på sig blickar från de överallt närvarande självutnämnda MeToo poliserna."

Läpp-Stina räckte upp handen och sa på bred daladialekt:

"Ja tycker att sex är äckligt och vill inte för mitt liv att jag, som fyllt sjuttiofem ska "råk ut" för nån horbock från Gevalia eller från annan obestämbar plats i Svedala. Aldri i (under)live Inte en da efter 60. Dä ä min uppfattning och hör sen."

Steve rodnade en aning över den skarpa öppningsrepliken men försökte låtsas som det regnade och sa: "Någon däremot?"

Plit-Sune reste sig och sa: "Äcklig kan du va själv. Med såna botoxläppar som du har som ä hårda som ett välpumpat cykeldäck ska du nog int tro att det kömmer så många friare till deg. Å kanske inte heller till meg men så länge ja ä hel å ren och byter undäkläder och nätbrynja varjä dag, även på helgen, så tyck inte jag att de är fel mä lite läppglans och pungsvett om jä så fä säg. Ja ä sjuttiosju fyllda men nog drar ja meg inte för att rulla runt i sänghalmen om jä hitt ena fjälla som inte lukt äckligt." Plit Sune blev högröd i ansiktet, av sina egna ord, och mest lyste en smärre utväxt i pannan.

Det fader Sven inte visste var ju att Plit Sune å Läppstina varit i lag med varandra för si så där trettio år sedan.

"Ja tror vi stannar där för i dag. Klockan närmar sig 20. 00, stammade farbror Sven, och jag har stämt möte på Burned Bananas klockan 20. 15 för att diskutera kärleken till gud med en god vän", ljög fader Sven obehindrat. "Nästa sittning är på söndag på Waynes Coffe i Nordea-huset. Hoppas vi ses då." Fader Sven närmast föste ut deltagarna och små-sprang till kuddrummet för att titta på Let's Dan-ce. Usch vilken obehaglig upplevelse men nu kan det bara bli bättre, tänkte han för sig själv där han forsade fram.

Tack och lov hade inte Fader Sven sådana här hem-ska drömmar varje dag och tack och lov slapp han vara med på möten där folks erotikvanor disku-terades men rätt som det är kunde det hända. Allt kunde hända i Coronatider även om Sven var en av de människor som hyste mest hopp kunde Steve konstatera. Fader Sven hade till och med frågat folk i sin omgivning om de på fyra minuter kunde prata med hopp som tema. Märkligt nog hade Steve fått denna förfrågan. De var tydligen slut på alla andra flitiga besökare i kyrkan eftersom Steve fick den stora äran. Det kunde också vara så att Steve blev kompenserad för att Steve bett om att få läsa epis-teltext i fem års tid men hittills hade det inte fallit i god jord.

GORAN OCH YGGVERT

YGGVERT VALDE ATT flyga hem från
Gotland under torsdagen och var glad att
det överhuvudtaget var möjligt att ta ett skutt
över Östersjön i dessa Coronatider när allt skul-
le ställas in eller begränsas. Under gårdagen den
11 mars så hade regeringen beslutat om att följa
Folkhälsomyndighetens rekommendation att för-
bjuda sammankomster med fler än 500 besökare.
Nu skulle man inte kunna ha fotbollsmatcher och
hockeymatcher och annat med massor av besökare.
Troligen var väl beslutet välövervägt men skulle få
ohyggliga ekonomiska konsekvenser. Hur skulle det
gå för Friends Arena som var vana vid uppemot 50
000 besökare? Hur ska det gå för alla andra arenor
runt om i Sverige och världen om Corona fortsätter
att hålla världen i ett järngrepp.

Goran och hans hustru Tiny skulle ta båten till-
baks till fastlandet för att sedan åka till Göteborg.
Där hoppades Goran på att äntligen få sälja någ-
ra "Dryckesböcker" till gamla studentkamrater i
förskingringen från Medeltidsuniversitetet i Visby.
Nästan alla hade ett förflutet från den så kallade
Mellangården som var en del av Visby Ring(mus-
kel)mur för de som tränade bodybuilding i början
av 70-talet. Goran hade lyckats få fram ett tiotal
FB adresser till grabbarna. Flera av dem hade i sin

ungdom löpmage efter att ha tränat som nöt för att få fart på påkarna. Löpmage gav 'sulfatinkontinens' som gjorde att man ofrivilligt släppte väder i tid och otid. Goran hoppades att dessa problem hade gått över.

Yggvert fick vänta närmare en timma innan planet från Visby flygplats lyfte mot Bromma. Den tiden använde han till att specialstudera 'Fredmans epistlar' som bestod av ett 80 tal av Bellmans mest kända sånger. Språket var väldigt livfullt och frodigt och Yggvert försökte använda en del av språkvändningarna till att skriva nya texter.

PÅ TÅG

GORAN ULLFAGER KÄNDE stor saknad efter sin skrivarbroder. Det fick till följd att han, på vägen till Göteborg och barn och barnbarn, skrev denna vackra dikt:

TÅG
Mel: Vem kan segla förutan vind

Vem kan resa förutan tåg
Vem kan vara det förutan
Vem kan hälsa på sin måg
Om man måste ta skutan

Jag kan resa förutan måg
Jag kan ratta en skuta
Men ej resa förutan tåg
Utan att ta med min luta

Det kunde varit värre konstaterade Goran stoiskt och citerade "Mitt liv som hund". Det kunde ju faktiskt vara så att han inte hade någon hustru med sig till Göteborg och om resan hade företagits några år tidigare så hade Goran inte haft några barnbarn att sjunga dryckesvisor för. Helt eländig var trots allt inte tillvaron för Goran.

MOT AYA NAPA - ATT ACCENTUERA
EN KÖR OCH ÖKA KOMPRESSIONEN

ROT-LEIF INSÅG ATT det krävdes något alldeles extra för att komma till skott med sitt Dreamteam. Han beslöt därför att bjuda in Steve, Li(s)za Luzt och Gun the Gun till Utvärdering i Aya Napa på Cypern.

Under resan till Cypern som tog tre och en halv timma så vilade samtliga och Li(s)za Luzt lyckades till och med att sova en dryg timma medan Steve valde att lyssna på en ljudbok av Peter May. En av hans favoritförfattare. Gun the Gun hade fullt upp med sitt nya träningsprogram för överviktiga amerikaner från Georgia. Hon skulle nu öka svårighetsgraden för de som gick fortsättningskurs två och även blanda i mycket chili i de energidrycker som hon förmedlade. Allt för att förbränningen skulle bli så bra som möjligt och viktnedgången tillfredställande. Gun the Gun rekord för viktnedgång låg på tjugotvå kilo inom sex månader för de som gått Anna Book kurserna ABC som även innehöll lite dans.

När man kom fram till Aya Napa så tog man in på ett alldeles nybyggt hotell vid Nissi Beach. Rummen var överdådiga och maten fantastisk. För att inte bli dästa så åt man bara frukt och grönt innan man slog sig ner i var sin fåtölj i den rymliga jacuz-

167

zi som fanns i anslutning till hotellets spa. Rot-Leif var förväntansfull. Det var nu som 'koloraturen' skulle beskrivas av Li(s)za Luzt. Det som skulle leda till körens särprägel och klang. Den klang som skulle göra varje kör unik, i största allmänhet, och 'Dreamteam ett' i synnerhet.

"Jag lämnar över ordet till dig Li(s)za Luzt så att du får redogöra för de körpåverkande parametrar som du har funnit under de två månader som du jobbat med det här. Är du redo?" undrade Rot-Leif högtidligt.

"Tack, för ordet. Ja, det är riktigt att jag ägnat stor kraft att försöka få fram omständigheter/parametrar som har betydelse för körklangen. Jag har testat en rad olika parametrar och funnit att vissa inte har någon betydelse alls för klangen. Det är inte utslagsgivande om man dricker kaffe eller te istället för mineralvatten eller läsk. Inte ens om det sker i direkt anslutning till uppsjungning eller inte. Inte heller har det stor betydelse om man är kött-ätare eller vegetarian. Det som däremot påverkar är etnicitet eller snarare hur din svenska är utformad. Är man från Skåne påverkar det mer än om man är från Uppsala och Småland mer än Sörmland men det som har större betydelse är multi kulti inslag."

Har man exempelvis med en finne, en från Ung-ern och två från Balkan i en styrka på sexton så märks det skillnad på grund av deras accent som följer med även när de sjunger. Många dialekter är

mycket smittsamma och påverkar sättet man sjung-
er på. Ta bara Mikael Wiehe, exempelvis 'Den ja
kunde va'. Trots att han sjunger skånska, som är ett
av landets värsta kväden, så vill man låta som Mi-
kael Wiehe redan efter en låt", sa Li(s)za Luzt och
kände hur kammen växte på hennes musikaliska
tupphuvud.   "Tänk bara på Arja Saijonmaasyn-
dromet", fortsatte hon som om det var självklart att
alla skulle förstå den liknelsen. "Hon har så stark
accent så man tror att när hon sjunger visor av The-
odor Kallifatides så är dom finska istället för gre-
kiska. Står man bredvid en 'Arja' så kan det också
göra att du själv sjunger med Saijonmansk accent.
Har en Arja en sångare på vardera sidan om sig kan
hela klanglådan bli förryckt. Om man istället ser
till att placera 'Arjor' runt om i kören blir påver-
kan mindre. På det sättet kan man modulera en kör
ganska påtagligt genom att ha med både accentrika
personer i både dam och herrstämma. Yrkesval har
inte så stor betydelse men en lärare sjunger mycket
mer artikulerat, på gott och på ont, än en snickare
eller bilmekaniker. Sättet att prata gör dock att man
får olika volym. Den som pratar tydligt kan sjunga
ut mer och starkare medan den som sluddrar får då-
lig volym men blir bra på con bocca chiusa det vill
säga att sjunga med stängd mun," fortsatte Li(s)za
Luzt och man anade att hon när som helst skulle få
en gästprofessur och musikkunskap i Leipzig eller
på annan berömd plats.

Rot-Leif låg alldeles häpen och avslappnad i sin undervattensfåtölj. Plötsligt började han förstå vad körsång handlade om. Detta med klangbotten i en kör var förstås lika väsentligt som klangbotten i en gitarr eller fiol och lika viktig som att bara göra hamburgare på högrev i stället för diverse skumt kött som blev till en 'blandfärs'.

"Fortsätt," bad Rot-Leif lustfyllt och Li(s)za Luzt var inte sen att hörsamma hans uppmaning.

"Tack, Rot-Leif! Jo, jag har även kommit fram till att har man en dålig relation med sin sånggranne eller störs av lukt från 'hensamme' så påverkar det minnet och förmågan att sjunga utan noter och det påverkar också hur "stelt" man sjunger. Ni vet ju att det är väldigt viktigt att vara avslappnad när man börjar låta och jag anser att man inte behöver sjunga upp så länge men man måste skaka loss tungan ordentligt genom att ha huvudet mellan benen och skaka rejält i cirka en minut. Har man gjort det och dessutom är solist och har gott självförtroende så kan man sjunga ut på ett helt annat sätt än när man har dåligt självförtroende och stel tunga. Man kan lätt gå från volymläge fyra till volymläge åtta om man är avslappnad och 'tungomålstalande' samt har gott självförtroende och inte har granne som man stör sig på.

"Kan man vända på steken och få vissa att sjunga svagare för att de inte ska överrösta andra?" undrade Steve som ansåg att sopranerna lät alldeles för mycket.

"Ja, absolut. Här kan en doftstark person som inte känner sin sånggranne göra stor nytta i sopranen för att sänka volymen på sopranen och höja den för altar. Och på samma sätt kan man dämpa tenorer kontra basar."

"Det här var ju fantastiskt intressant men nu skulle jag behöva en äggplantsshot innan vi går vidare. Är det okej?" undrade Steve. "Vi tar en rast på trettio minuter och återsamlas kl 17. 00".

GORAN OCH YGGVERT
I PESTENS TID

CORONAVIRUSET PÅVERKADE ALLT liv. Inte bara i Gevalia utan runt om i världen. Land efter land stängde sina gränser. Nu kunde man inte längre åka till Norge eller Danmark. Man skulle bli tillbakamotad och troligen få dryga böter om man gjorde ett försök att komma in i dessa länder. Man var inte ensamma.

Sverige hade inte stängt sina gränser. Inte ännu men däremot hade UD rekommenderat att man inte skulle åka utomlands överhuvudtaget. Det var ett dyrt råd eftersom det gjorde att SAS fick permittera 1000 tals anställda och dra ner flygverksamheten till ett minimum. Enorma stimulanspaket kom i dagen. Nu fanns det hur mycket pengar som helst. Riksbanken började med att låna ut 500 miljarder och sedan fick bankerna låna nästa hur mycket de ville i steg två från Riksbanken och Finansinspektionen tog bort en spärr som frigjorde 700 miljarder. Regeringen kom med ett stimulanspaket på 300 miljarder. Det var själva ramen. Så såg det ut just nu. På restauranger och biografer och teatersalonger var det nästan folktomt. Den 16 mars beslutade folkhälsoinstitutet att man rekommenderade alla som var sjuttio plus att hålla sig ifrån andra människor. Tillvaron blev mer och mer ohållbar.

Mitt i eländet så fortsatte Goran och Yggvert att oförtrutet skriva dryckesvisor och särskilt Yggvert. Goran hade gjort en extrasväng efter Gotland där man varit tillsammans och åkt till Göteborg. När han kom hem var han snortig och dan och fick hålla sig hemma. I källaren hade han sitt förråd av hundra liter T sprit röd och hundra liter glycerol. Det hade han bunkrat i god tid och nu när han ändå var hemma så passade han på att göra egen handsprit. Den sålde han sedan dyrt till sin omgivning. Pengarna behövdes för kommande utgivning av 'praktinbundna' verk av Dryckesvisor i halvfranskt band med skinnrygg.

Goran hade gjort en god kasslergryta med broccoli och mycket curry samt grädde som han bjöd Yggvert på. Yggvert jobbade på men cyklade hem till Gorans 'näste' i Marybridge för att få denna utsökta lunch och även en halvliter handsprit i presentförpackning.

"Inte dum gryta", konstaterade Yggvert.

"Man tackar", sa Goran. "Jag har försökt att piffa till den. Drick nu av det här gotländska färskölet som jag har fått recept på. Jag ska försöka göra den en dag när sömnapnén inte spökar för mycket. Korn och humle har jag köpt. Vatten finns och jäst och lite specialkryddor samt extrakt av malvor från Backafall. Så mycket mer tror jag inte behövs."

"Ja, bra smak var det. Hur går det med 'handspri-

ten'? Har det gått bättre att sälja den än dryckes-
boken?" frågade Yggvert lite sarkastiskt eftersom
Goran var en utmärkt skribent men han var ingen
säljare. Han hade inte ens sålt jultidningar och fröer
som barn.

"Jo, tack. Jag har fått beställningar på hundra
flaskor gånger femtio centiliter som jag tar hundra
kronor styck för så det blir ett bra överskott till vår
kommande utgivning.

"Kul och nu får du extra tid över för övningarna
är inställda i både El Tomasokören och Hillarykö-
ren. Det får man väl acceptera och var gäller Mary-
kören så är ju nästan alla herrar över sjuttio år så de
ska ju egentligen vara isolerade om man ska följa
alla direktiv. Deras övning är också inställd.

"Ja, jag har hört det där och tycker att det är lite
överdrivet. Särskilt nu när vi inte har fått ett rik-
tigt utbrott ännu men det kommer och några av de
hästar som jag sköter om har ju fått Corona. Den
är verkligen något i hästväg och kusarna snorar
förskräckligt.

"Jobbigt. Stackars dem. Jag har i alla fall skrivit
en ny text så får vi se om den har 'verkshöjd' eller
inte. Det brukar ju du vara bra på att avgöra. Jag är
ju lite mindre kritisk än dig."

"Jaså? Det visste jag inte men låt höra."

"Ja, den går så här:"

BELLMANS MUSA
Mel: Gubben Noa

Bellmans musa
Må vi snusa
På den Gyllne Fred
Skapad av Anders Zornen
Given till Akademifånen
Taubens näste
Han den bäste
Ofta var han där
Skål!

"Vad tycker du?" undrade Yggvert färväntans-
fullt.

"Ingen av dina bästa. Den håller inte helt ihop
men jag kan försöka jobba med den när jag har en
snaps i vardera benet. Då brukar nödrimmen falla
som färsk mjäll i frukostflingorna.

"Klart att du är missnöjd. Det här är ju bara ett
utkast. Allt måste ju filas på. Annars blir det ju
bara apskit men det är historiskt intressant med att
Anders Zorn såg till att det blev en plats för mu-
sikatleter. Blandat med unga förmågor. Lokalen
öppnades 1922. Taube blev ordenstrubadur och det
var Taube som såg till att Bellmans viskonst kom
till "Freden."

"Du har läst på hör jag. Ja, vissa gör ju det och

175

inte bara skjuter från höften," sa Yggvert som hade attitydproblem inte bara med Goran utan med alla som inte ville hylla honom förutsättningslöst. Goran var inte som en av hans Facebook damer som varje vecka strödde palmer framför hans fötter.

Yggvert tackade för maten och tackade för sin handspritflaska och begav sig till arbetet. Det fanns alltid något att göra när man hade hundrafemtio klienter. Många av dem var som nyfödda fågelungar och skulle matas hela tiden. Fick de inte svar på sina mejl inom en timma blev de nervösa och särskilt nu när hälften av dem kände Coronasymptom. Så var det bara. Inte mycket att göra något åt.

EN FRISK FLÄKT -
MISS SORA PORTRÄTTERAS

MISS SORA VAR verkligen en frisk fläkt i församlingen och även i Marykören där hon tidigare hoppat in från och till men nu bestämt sig för att stanna i kören. Miss Sora var född i Tallahasse, Florida, till föräldrar från Vancouver i Canada. Hon gick hela sin uppväxt i skola Toronto men som tjugofemåring flyttade hon till Sverige efter att en olycklig relation med en stalker äntligen tog slut.

Sora var alt och även en alt i allo i församlingen där hon jobbade som en slags 'inkastare'. Mary församling hade otroligt svårt att få in medlemmar som besökte kyrkan om man inte lovade att sätta in tvåhundra kronor på deras ICA kort varje gång de kom till någon mässa. Sora tyckte det här var lite 'syrt' som hon sa på sin svensk-amerikanska men vad kunde man göra. Nu hade hon lyckats bli bekant med några av värstingarna i Mary Centrum och förmått dem att gå på mässa och då även givit dem barnens bibel så att de kunde lära sig något om kristendomen fastän många av dem var från Mogadishu eller andra avlägsna platser.

Sora läste inte så mycket på svenska men det kunde nog bli uppåt trehundra sidor på en månad. I vart fall om det var korta böcker. Hon föredrog Expressen framför Aftonbladet och Hänt i veckan framför Damernas värld. Sora var republikan och tyckte att Trump var en 'dåår-skalle' som hon uttryckte sig. Hon tyckte kungahuset var 'styligt' men hon trodde inte på Monarki. Möjligen valmonarki med personer som var valda fem år i taget och gick omlott.

Sora bodde ingenstans utan levde i ett öppet förhållande med fem olika karlar från måndag till fredag och på helgerna brukade hon sova i kuddrummet i kyrkan om hon gick och la sig. Hon älskade disco och även karaoke. Sora åt kött men inte rött kött utan det blev kyckling och fish för heela pengen, som hon uttryckte sig.

Av författare så gillade hon Hemingway men även Saul Bellow och Camilla Läckberg.

"Hon är så läcker hela hon", sa Sora som hade ett regnbågssinne och kunde tänka sig vara ihop med både män och kvinnor men ingen äldre än sextio år. Det retade Steve som hade fyllt sextio men såg ut som femtio.

Vaktmästare Loui var hon förtjust i och var beredd att vara med honom en dag i veckan om Loui fick för sin fru.

Sora sjöng rent. Hon spelade blockflöjt och lite piano och var gärna solist. Hon trivdes i rampljuset och hade länge planer på att bli skådespelare men var tveksam då hon visste att det inte sällan hände att man fick gå sängvägen till de bättre rollerna. Hennes röststyrka låg på en svag sjua om hon inte

178

hade sjungit upp väldigt bra.

Ja, det var ett kortporträtt av Sora i för kvällen bärande en lång klänning. Sora visste verkligen hur man gjorde för att organisera olika aktiviteter i kyrkan och var det inte grillat, så var det soppa eller limpmackor med extra mycket pålägg. Sora var med överallt och hon älskade sitt stressiga liv men var samtidigt lite ledsen för att hon inte hade möjlighet att följa med på en slags körresa till Åland arrangerad av Steve Emfors. Hon tyckte Steve var en spännande person och ville lära känna både honom och hans fru lite bättre. Hon såg också fram emot att dela tid med Maria Cat och Li(s)za Luzt.

En dag, efter en djupt allvarlig dröm, så insåg Sora att hon inte kunde splittra sig så mycket. Det var jobbigt att byta partner och det var inte alltid fräscht i de kuddrum man var tvungen att besöka när behovet att kramas hastigt kom på. De gjorde att Sora blev mycket mer öppen för påverkan och den som påverkade henne mest var Zorro. En 'latinare' från Mexico som inte bara sjöng och spelade alldeles utmärkt. Han var också väldigt duktig på att kyssas och se till att Sora trivdes. Det dröjde bara två veckor efter det att de träffades – i januari 2020 – innan de flyttade ihop och det dröjde bara ytterligare en vecka innan Sora var gravid.

I mitten av februari hade underverket kommit. Em liten nätt tjej på 2 940 gram och 45 centimeter lång.

Mörkt hår hade hon från början. Vad annat kunde man förvänta med en far från Mexico?

Lyckan var totalt. Båda föräldrarna hade hunnit fylla trettio år. Båda hade stor erfarenhet av barn. Nu gällde det att komma sams om barnuppfostran och börja spara så att det fanns pengar på banken den dag som lilla Sara skulle ta körkort. Äventyret kunde börja.

GORAN ULLFAGER OCH HANS HUSTRU

GORAN HADE VARIT ordentligt klen under veckan som gått men nu var han i selen igen. Han var så dålig i influensa att han till och med misstänkte Corona men så var det inte. Det var svårt att överhuvudtaget få bli testad men i och med att hästar fått corona i Kiruna och Goran ansågs vara en av de främsta veterinärerna i Gävleborg så fick Goran hänga med på ett av de dyrbara testerna som förstås var något i hästväg om man betänker hur svårt det var för andra dödliga – icke hästar – att få ta prov.

Goran hade inte varit sysslolös under den vecka som gått. Han hade sammanställt texter från Yggvert som själv tyckte att han var i högform men Goran var skeptisk. Han tyckte inte rimmen höll ihop och det var ibland väldigt konstiga rim som kunde väcka anstöt. Det blev också en alltför stor betoning på 'sänghalm'. Goran själv var som han uttryckte det en 'snäll kille' och han ville i grunden inte använda vare sig pitt eller det som rimmade på det utan texten skulle vara snyggt förpackad. Att säga att man skulle 'skita' var för honom främmande och ordet 'bajsa' gav honom kräkreflexer. Han ansåg att det var betydligt bättre att tala om 'tvåan' eller 'förrätta sitt tarv i närmsta harv'. Goran var en ordens häxmästare men han var absolut inte svag för kiss och bajs . Om det måste nämnas så skulle det var ordentligt inlindat. Hans hustru Tiny hade inga problem med sådant. Hon var barnskötare i grunden och på 'äldre dar' arbetade hon inom åldringsvården. Det fanns inget skrämmande för henne i vad kroppen kunde producera. Det spelade ingen roll om det var kiss, bajs eller svett eller sådant som kom av kärleksövningar. Tiny var stadigt byggd med påkar till lår och hade nyligen passerat hundra kilo. Goran själv åt så mycket han orkade men kom sällan över sjuttio kilo trots att han var 190 centimeter över havet. Som en finsk martall med knotor i alla väderstreck. Goran älskade henne över allt annat till och med mer än sina vuxna barn. Fast när de var små var det det omvända förhållandet. Goran tyckte om att hennes näsa krökte sig lite grann åt höger ungefär som PTH och PTV. Varför inte tala om Näsa till höger (NTH) och näsa till vänster (NTV). Visserligen inte så intressant för skräddare om man inte gjorde rånmasker men ändå något att fundera på.

Goran ville inte att något skulle vara exakt. Det fick gärna vara fult och var det inte fult kunde det vara ofullbordat vilket man kanske kunde säga om Tinys serbiska näsa. Vad sedan gällde hur man förhöll sig till den kända 'Fula visboken' så tyckte Tiny att allt där var helt okej medan Goran var mer skeptisk. Han hade haft lite svårt att skapa på sistone men det var inte så lätt att göra det när man hade nästäppa och feber men nu hade han ett projekt på gång som Yggvert hade föreslagit som Goran, som hundägare, tyckte var väldigt bra. Han skulle skriva om hundar.

KENNEL
Mel: Så går vi runt kring ett enebärssnår

Så går vi runt med
Kennelkillen Kennet
Kennelkillen Kennet
Före detta Bennet
Så går vi runt med Kennet tidigt en måndag morgon

Så göra vi när vår pudel får dressyr
Så hunden den blir yr och
Ilskan i den gryr
Så göra vi när vår pudel får dressyr
Tidigt en måndag morgon.
Skål!

Det här var bara början men Goran var nöjd med att han fått till en dag i veckan. Nu var det bara sex dagar kvar att fylla ut. Med lite god arbetsmoral kunde han klara det på tre-fyra dagar. Goran insåg att det här med försäljning inte var hans grej men i och med att han mutat sin son i Göteborg med inte mindre än tre ex av 'Från psalmsång till sänghalm' så fanns det hopp om att Goran skulle kunna få till en försäljning till Chalmers mixade bastuklubb. En förening där man nakna skrålade dryckesvisor och drack snaps samt slog varandra med vedträn. Med lite tur kunde det kanske leda till en försäljning av fem-tio böcker och det var en bra början för Goran. Att Yggvert var på väg att sälja in tvåhundra ex till Frimurarfolk i Värmland försökte Goran bortse ifrån. Han var inte bitter.

DREAMTIME BÖRJAR TA FORM

ROT-LEIF BÖRJADE BLI otålig eftersom han räknade med att hans Dreamteam skulle vara med och tävla i en stor körtävling i Tallinn den 1 juli. Dit var det knappt två månader. Han hade redan gjort en öppen anmälan av kören. Ännu hade han inte behövt redovisa vilka som skulle vara med i kören men i det här skedet skulle han nöja sig med fyra gånger fyra sångare (four wheel – sing konstellation) och fyra inhyrda solister som själva var musiker. Dessutom två reserver i varje stämma för säkerhets skull och förstås fyra mutanter som i detta fall kunde sjunga rent men svagt.

Rot-Leif hade gjort i ordning tjugo ingefärsshots och det var meningen att man skulle ta en shot för varje ordinarie medlem i 'Dreamteam' som utsågs. Gun the Gun, Steve och Li(s)za Luzt var på plats i storgrytet i Homebridge. Rot-Leif hade uppmanat samtliga att motionera innan man kom till Grytet så att man kände sig avspända och lediga.

"Kan vi köra i gång", undrade Rot-Leif med sin starka stämma.

"Det kan vi," sa Steve och de andra höll med.

"Då kan vi börja med basen", sa Rot-Leif och fortsatte: "Den är väl lättast att fylla upp antar jag", resonerade han och såg lite gåtfull ut.

"Låt höra. Kan Steve redogöra för den?"

185

"Javisst. Självklart," sa Steve.

"Som inhyrda har vi musikern Tom Trana och även Leif Lok. Den sistnämnde kan till och med komponera och är en baddade på att dirigera. Vad sedan gäller ordinarie styrka så har vi först och främst fil-delaren Goran Ullfager och hans vapen-dragare Markysinnan. Där får vi med ett finskt bidrag som är viktigt för klangen. Börje Barsk plat-sar också men det kan bli för mycket av skönsång i basen om han är med. Han får därför vara reserv i ett inledande skede. Sedan har vi förstås Börje Q och Börje Borr. Båda mycket meriterade och man kan sjunga i styrka åtta vilket är positivt när man behöver dra på i 'Det susar i säven' och andra ljudliga visor. Börje Borr är ju också en person som lätt får andra sångare att gapa med tanke på att han själv varit tandläkare under en följd av år. Som mu-tant tar vi Börje Bok eftersom han har problem med luftrören men är snygg att se på och därmed viktig för den estetiska framtoningen."

"Bra, bra. Jag har inga ytterligare synpunkter på basen", upplyste Rot-Leif. "Jag anser att alla är viktiga och reserver tar vi lite senare. Kan vi då gå vidare med Sopranen. Kan du ta den Liza?", sa Rot-Leif och log inställsamt mot Liza. Han kunde inte dölja att han var förtjust i henne och gärna ville att hon blev hans 'grävling' i vart fall en natt i veckan.

186

"Visst kan jag det", sa Li(s)za Luzt och log lust-
fyllt mot Rot-Leif.

SOPRANSTÄMMAN

"Jag har ju tidigare varit sopran så jag anser mig ha
kompetens att välja en sådan skara. Där har vi först
två solister i form av Ella White och Ella Brown".

"Vad gäller de ordinarie så platsar Petra Bud från
Ungern och även Kia Krakow från Vitryssland.
I den här stämman är det extra viktigt med mul-
ti-kultiinslag. Sedan har vi med Kyngva Kiosk och
Anna Ot. Som reserv vill jag ta med Forskar Fia. Så
att hon på plats kan kolla att allt är okej."

"Tack för det Li(s)za Luzt", sa Rot-Leif och kon-
staterade att Li(s)za Luzt dagen till ära var osedvan-
ligt from. Då tar vi var sin shot för det här laget och
passar på att även ta en shot för det första laget. Ja,
då var det dags för alten. Hur ser det ut där, Gun
the Gun?"

ALTSTÄMMAN

"I alten föreslår jag som följer: Som solister Clara
Berg och Carola Kilt. Carola är ju förstås bara med
när hon inte spelar. Som ordinarie jag själv, Li(s)
za Luzt och Rikki Kikki Tar Vi och förstås Maria
Cat. Jag har även ett förslag på en reserv i form
av Maja Gräddnos. Hon är en erfaren sångerska
som började sjunga i kör på 80-talet. Hon har gjort
uppehåll i omgångar men är nu varm i kläderna och

motiverad. Hon kan tänka sig att gå in som reserv i andra körer och inte bara sjunga i 'Dreamteam' uppställningen."

"Okej, då har vi tenoren kvar. Blir den svår att utse Steve?"

TENORSTÄMMAN

"Ja, kanske lite. Vid en sluten omröstning kom jag med och även Anela Mat, efter att hon gått igenom volymkursen. Ture Ton kom också med liksom Börje Borr. Till solister föreslår jag Jim Jasmin och Jonny Rocker. Som reserver väljer jag Classe Clas och Leif Thor från El Tomasokören."

"Det här gick ju väldigt bra. Då har vi ju bara lite mutanter kvar och vissa ersättare. Ni har jobbat storståtligt och därför ska ni få varsin kaffemaskin från Job Meal. Det ingår 1000 koppar kaffe per år så det bör ju räcka ett tag. Om ni inte har något bättre för er så föreslår jag att vi åker till Ångbastu och jacuzzi på Wuthering Heigt-badet så kan vi spåna vidare och även tala lite med solisterna. Jag har bjudit alla till kl 18. 00 och jag hoppas att de flesta kommer. Stort tack så här långt", sa Rot-Leif. Han kände sig lättad. Nu skulle han se till att få namn och personnummer på alla och även mail-adresser. Det kunde nog Li(s)za Luzt ordna. Hon var som en sekreterare redan trots att hon bara varit med i kören en kort tid. Rot-Leif lutade sig tillbaks och tog en 'powernap' i femton minuter. Det ska bli spännande att se henne i baddräkt, tänkte han för sig själv och log förnöjt. Han ville vara pigg när etapp två av bildandet blev aktuellt.

ATT KNYTA IHOP SÄCKEN

STEVE KÄNDE STARKT att det var dags att knyta ihop säcken. Man var snart framme i mitten av maj och Rot-Leif hade bokat Gevalia konserthus för ett första svenskt framträdande för The Dreamteam- Gevalia style den 8 juni. Rot-Leif hade även samarbetat med Uppsala och Sundsvall för att få ihop en rejäl kör. Han hade tagit hjälp av Kjell Lönnå i Sundsvall – som under en följd av år haft ett dreamteam med tre körplutoner- och totalt skulle man få ihop fem gånger tjugo personer det vill säga fem körplutoner som skulle bilda ett kör-kompani.

Alla i 'Dreamteam ett' hade fått sina skräd-darsydda kostymer från skrädderiet Lloyds i Stockholm. De marinblå kostymerna satt som en smäck på herrarna och dräkterna till damerna var också mycket eleganta. Till det kom vita skjortor från A-scott i Gevalia och A-scott hade även tagit fram folkviseblå slipsar som matchade kostym och skjorta SAMT skor som passade de välsydda kostymerna och dräkterna. Som en extra dusör till körmedlemmarna hade Rot-Leif kostat på sig att ge bort manschettknappar med R-L ingraverat i äkta bladguld. Totalt hade kalaset för dessa tjugo sång-are gått på dryga miljonen. Men det var det värt ansåg Rot-Leif. Han räknade kallt med att 'skriva av' dessa kostnader på fem - sex år om man bara fick igång verksamheten på intäktssidan och det här första året borde omsättningen ligga på cirka tre miljoner om man fick till en bra julkonsert med Malena Ernman.

Körrepetitionerna hade handhafts av demondirigenten Rakel Guld, vad gällde herrarna och damerna togs hand om av Leif Lust, en släkting till Li(s)za Luzt, som var från Karlstad och var van att leda körer. Carola Kilt skulle spela liksom Mary Day och Lady Gaga. Dirigenter och musikanter fick vardera 10 000 kr ur Rot-Leifs egen ficka. Pengar som han förstås skulle ta tillbaks så snart man haft den första konserten i Gevalias Hall of Fame-konserthuset.

Vismaterialet hade denna gång inte tagits fram av bara körledare utan nu hade Rot-Leif sista ordet tillsammans med Gun The Gun och Steve Emfors. Mycket gick i solens tecken men det man absolut inte hade med var den förfärliga 'Tussi Tussi lago' som Lady Gaga älskade. Filer till allt ordnade som vanligt Goran Ullfager, den trogne och pålitlige körsångaren med anor från 'russarnas' land.

Repertoaren, som notgruppen tagit fram under ledning av Rot-Leif, bestod av 'California Dreaming', 'Scarborough Fair', 'I still have not found what I am looking for' – U2 – 'Stad I ljus', 'Underbart' av Kalle Moraeus, 'Guldet blev till sand', 'Anthem', 'En vänlig grönskas rika dräkt', 'Bred

dina vida vingar' samt 'Den jag kunde vara' av
Mikael Wiehe och slutligen också 'Hallejuhah'
av Leonard Cohen. Som Extranummer hade man
'Där Gullvivan blommar' och 'Kärleken förde oss
samman.' Steve var nöjd med denna initiala och
insmickrande repertoar som var lite av en bästa-lis-
ta för körer – och flera av dem var lättsjungna för
tenorer – som han hade varit med i. Han insåg för-
stås att listan kunde göras mycket längre men han
ville ha en lista med kända låtar och som många
människor tyckte om. Alla låtar skulle framföras
utan noter. En riktig kör hade inte noter. Då kunde
man också fullt ut koncentrera sig på dirigenten.

SOLISTER

S OM SOLISTER FÖR den första konserten hade
Rot-Leif valt Tommy Nilsson och Thomas Di
Leva och de skulle vara ackompanjerade av Stefan
Nilsson på piano. Rot-Leif hade fått alla tre för 200
000 kronor totalt och det innefattade två konser-
ter. Om allt skulle bli utsålt så skulle man göra om
samma show den 9 juni och då handlade det om
150 000 kronor för de kontrakterade.

Tio stycken från Gevalia symfoniorkester skulle
också vara med och förgylla ljudbilden. De kostade
totalt 50 000 kr och lika mycket om det blev extra-
föreställning.

För att finansiera hyra och ljud och ljus hade Rot-
Leif kommit sams med Gevalia konserthus om att
de skulle ha tjugo procent av intäkterna. Gevalia
konserthus tog 800 personer och de finaste biljetter-
na skulle kosta 800 kronor och de lite sämre minst
500 kronor.

Totalt skulle en konsert ge ett snitt på 500 kronor
per besökare efter att konserthuset fått sitt. Dess-
utom fanns chans att ha champagnemingel med
artisterna i pausen och det borde inbringa cirka
50 000 per konsert. 800 biljetter gånger 500 kro-
nor gånger två konserter gjorde alltså 800 000 kr,
konstaterade Rot-Leif. Överskottet skulle plöjas in i
en musikfond och stödja musiklivet i Gevalia under

en femårsperiod och den skulle se till att duktiga körsångare fick gå på utbildning och man skulle även få ersättning om man ingick i 'Dreamteam' med 2 000 kronor per termin plus ett antal fördelar. En ytterligare inkomstkälla var att Goran Ullfager erbjudit sig att spela in konserten så att man kunde sälja skivor för kanske 50, 100 tusen och då lovat en musikalisk 'anrättning' med fildelning samt nyckelharpa.

På sikt räknade Rot-Leif med att det skulle kunna bli tre 'Dreamteam' i Gevalia kommun och att man förstås skulle ha konserter fortlöpande för att få in intäkter. Tävla skulle man också göra regelbundet och då skulle Rot-Leif se till att man fick del av reklamintäkter i samband med stora konserter och tävlingar.

Även kyrkan skulle få betala för uppträdanden av 'Dreamteam'. Minst 5 000 kronor per uppförande och dubbelt för uruppföranden där klocka ingick som bonus. Kyrkan hade tillräckligt länge varit 'gratisätare' som arvoderat sina duktiga körsångare med limpmacka – samt i vissa fall signerade böcker av fader Sven – och en kopp kaffe men nu skulle det bli ändring på det.

Vid varje repetition skulle man ha exklusivt kaffebröd som köptes in från närproducerade konditorier. En 'Sara Bernardbiskvie' per körmedlem innebar en kostnad på 500 kronor per övningstillfälle om det var tjugofem körsångare men det skulle man klara av att hantera. Det var gula västar som gällde. Det var rättigheter för körsångare som var den stora drivkraften för Rot-Leif fast i grunden var det förstås ekonomisk vinning maskerat som ett ideellt projekt.

Rot-Leif var nöjd och kallade Steve, Li(s)za Luzt och Gun the Gun till överläggning och slutplädering i Gryt ett i Homebridge.

ROT-LEIF LUTADE SIG bekvämt tillbaks I sin sköna fåtölj i favoritgrytet I Homebridge. Vid sin sida hade han Steve Emfors som fört projektet i hamn med framgång. Kanske inte perfekt men tillräckligt bra för att ge en vink om hur framtiden såg ut. Nu skulle 100 dreamteams blomma. Rot-Leif hade redan haft kontakt med ett tiotal av de mest kända körledarna i Sverige. Många artister hade sagt att de ville vara med i kommande projektet. Bland dem Carola och Mikael Wiehe. Tommy Nilsson och Thomas Di Leva ville även vara med på nytt och var extra intresserade om man höll konserterna på Friends Arena i Solna. Då kunde man ta in 50 000 åhörare och man kunde ha en kör på minst 2 000 personer. Om man kombinerade biljetterna med lite förtäring så skulle de enklaste biljetterna kosta 1 000 kr. Därmed kunde alltså omsättningen hamna på 50 miljoner kr. Vinsten borde bli minst hälften även om man betalade de medverkande artisterna bra och såg till att varje kör fick 10 000 i bidrag. Det gällde bara "Dreamteam-körer" De andra fick ta sig dit för egen maskin och kanske till och med betala ungefär som man gjorde när man fyllde upp Globen i Stockholm på 90-talet i projektet: "Toner för miljoner".

Femtio miljoner gånger tjugo konserter och plötsligt

en miljardindustri. Inte illa.

Rot-Leif såg fram emot att samarbeta med Spotify och att sälja TV rättigheter. Det här kunde leda hur långt som helst. Det kanske var dags att ta hit Ed Sheran, Adele och andra storheter. När Rot-Leif berättade för Steve så log han bara men å andra sidan visste Steve att inget var omöjligt för Rot-Leif. Han var en musikentrepenör som kommit för att stanna. Steve själv trivdes bra under korkeken och han behövde inte så mycket påfyllning i sin plånbok. Rot-Leif hade givit honom en gratifikation på 1 miljon mot att han sålde femtio procent av sina rättigheter till boken till Rot-Leif. Livet lekte och snart var det dags att hämta barnen på skolan.

DET HADE VISAT sig att coronautbrottet som drabbat hela världen och i särskilt hög grad Italien gjorde att Rot-leif var försiktig med planerna på att åka till Norge och få spridning för sitt projekt där. Han hade tänkt åka dit med Börje Boule som chaufför och med på turen skulle också vara Gun the Gun samt förstås Steve Emfors. Det här var satt på framtiden eftersom gränserna till både Norge och Danmark var stängda. Inte ens gränshandeln mellan Norge och Sverige i Strömstad skonades. Det fick enorma konsekvenser för gränshandeln och inte minst för godisförsäljarna. Norrmännen var riktiga godisråttor och de skulle ha köpt många, många ton inför påskhelgen. Nu fick man istället sälja ut godiset så gott det gick till svenska kunder. Oavsett allt elände som Coronan förde med sig så var Rot-Leif hoppfull. Det fanns och måste finnas ett liv efter coronan och då skulle det finnas ett uppdämt behov av sång och musik. Nu fick Rot-Leif och de som stödde honom chansen att utveckla en manual för 'Dreamteams'. En manual som skulle övertyga Petter Stordalen om hur väsentligt projektet var. Det kunde han också behöva med tanke på hur många som permitterats inom hans hotellrörelse. Livet gick vidare och var man kronisk optimist som Rot-Leif så skulle allt ordna sig till slut.

PERSONGALLERI
(Ett axplock men inte alla)

Rot-Leif:
Mecenat och initiativtagare till "Dream team"
Steve Emfors:
Berättare och tenor i "Marykören"
Carola Kilt:
Körledare
Lady Gaga:
Körledare
Gun the Gun:
Tongivande i Streambridgekören och medhjälpare
till Steve Emfors
Maria Cat:
Alt i Marykören
Rikkikikkitavi:
Alt i Marykören
Li(s)za Luzt:
Medhjälpare till Steve Emfors samt alt
Liza Last:
Ordningskvinna i Marykören och alt
Börje Borr:
Bas i Marykören
Börje Bil:

Tenor i Marykören

Börje Bok:

Bas i Marykören

Börje Båt:

Bas i Marykören

Q eller Börje Q:

Bas i Marykören

Goran Ullfager:

Bas i El Tomasokören

Markysinnan:

Bas i El Tomasokören

Anela Mat:

Tenor i Marykören

Fia Forsk:

Sopran i Marykören

Dahlia Day:

körledare för El Tomasokören

Carola Kilt (CK):

körledare för Marykören

Rakel Guld:

körledare för El Tomasokören

Bengt Oljelund:

körledare i Gevaliakören

Bongo:

f d körledare för El Tomasokören

Eiram Al:

alt i El Tomasokören

Kyngva Kjol:

sopran i Marykören

Ture Ton:

tenor i Marykören

Ola Swan:

Körledare

Olga Swan:

Kantor och Ola Swans hustru

Och ett antal andra som inte förekommer så ofta.